雨の塔

宮木あや子

集英社文庫

目次

この世の果て……7
桜の海……26
深夜の月……45
浅葱の鳥……65
歌のつばさ……84
夕日の丘……103
いつかのこと……124
サルヴェイジの森……144
終息の断崖……164
雨の塔……184
解説　吉川トリコ……208

本文イラスト・鳩山郁子　本文デザイン・成見紀子

本書は、二〇〇七年十一月、集英社より刊行されました。

雨の塔

この世の果て

風化して褪《あ》せたような古い港町は、明度も彩度も低い色あいで覆われ、爪先《つまさき》まで湿気ていた。痩《や》せた街路樹の葉は心なしか萎《しお》れ気味で、季節柄ツヤもなく緑色はくすんでいる。血の赤でさえ鮮やかには映らなさそうな、バラックのような魚市場。生臭い潮のにおいは澱《よど》んだ風に乗って、北の岬の一番高いところまで漂っていくのだろう。

駅からのバスは町までしかなかった。辛うじて人が暮らせる程度の町でバスが止まると、矢咲《やざき》はこの世の果てに来てしまったような気になった。世界はここで終わり。ここから先にあなたの行くところはありません。「終点」というアナウンスを聞いたときにそう言われたような気がした。降車口を出て降り立った町は、想像していたこの世の果てとは随分違う。想像の中での、「この世の果て」は、ばかみたいに晴れているか（そして周りには色とりどりの花が咲いている）、絶望的に雨が降っているか

（そして遠い空には龍の形の稲妻が光っている）どちらかだった。決して今見ているような中途半端な曇り空ではなかった。稲妻の気配すらない安寧とした曇り空。そして花の匂《にお》いのかけらもない、手のひらに纏《まと》わりつく湿気た潮くさい空気。

この町がこの世の「果て」ならば、今から向かう場所はこの世の「果ての果て」か。ガラガラと派手な音を立てて、矢咲が赤いボストンバッグを括《くく》りつけたカートを引いていると、町の人たちがぱらぱらと振り返る。その様子は風に吹かれ捲《まく》られる本の頁《ページ》のようだった。無関心なのだけれど、儀礼的に余所者《よそもの》のことは見なければいけない、というような様子が、無関心を装いながら心の中では関心が膨れ上がっている、という慣れ親しんだ視線と逆のものらしい感じがした。澱んだ空気が遮る幕になっていただけかもしれないけれど、その視線の味気ない無関心さに少しだけほっとする。

舗装の甘い道にカートのタイヤを何度も引っ掛けながら二分くらい歩いていると、潮風でぼろぼろになってはいるが、「タクシー」の看板を掲げる営業所があった。矢咲がペンキのはがれた門扉を覗《のぞ》き込むと、かつては清潔な白いシャツだったものとかつては折り目の入っていた黒いズボンだったものといういでたちの小太りの中年男が出てきて、「岬の学校まで？」としゃがれた声で慣れた様子で矢咲に尋ねた。矢咲は頷《うなず》く。男は町の人たちと同じように無関心な視線を浴びせ、場違いなほどぴかぴかに磨かれた白い車を出してきた。

岬の学校に行くには一度大きく内陸側に逸《そ》れる。車の通れる道はそれしかないからだ。別にズルをして料金を稼ごうとしているわけではないのだよ。運転手はそんなようなことを言ったらしいが、あまりよく聞き取れなかった。窓ガラス越しに色彩の褪せた外の風景を眺めていると、五分もしないうちに港町は終わった。そして二十分後くらいに、うつらうつらしていた矢咲は目に入ってきた光景に驚いて目を覚ました。窓の外には町があった。それもとびきり異様な光景の町が。

「テーマパークでもあるんですか、これ」

矢咲は身を乗り出して運転手に尋ねた。ラジオから小さく流れる八代亜紀に鼻歌を合わせていた運転手は、特に不愉快そうな顔もせず、答えた。

「いんや、岬の学校の持ち物らしいよ。俺《おれ》たちもよく知らないんだけど」

「でも、タクシーの運転手さんだったら何人も学校の生徒を乗せるでしょう、そういうの詳しいんじゃないの？」

「よく判《わか》んないんだよねあの学校。他県から船で直接岬まで来る子もいるみたいだし、ヘリポートもあるって話だからね。入学式の時期は学校のバスが出るから、タクシーは実際、あんまり乗ってくれないんだよ」

　曇天の下、ヘンゼルとグレーテルのお菓子の家みたいな色とりどりの建物の立ち並ぶ様子が後ろに流れてゆく。日の落ちる前だというのに、その町には人の気配はまるでなかった。

　その異様な町を抜けると、遠くに学校と思《おぼ》しき建物群が見えてきた。曇り空の下に広がる一見して広大な敷地に、門のようなものはない。

「寮、どこ?」

　運転手がスピードを緩めながら尋ねる。

「え、わかんない」

「確か入学案内書類に書いてあるはずだから、見せて。場所によってとんでもなく遠いから、ここで降ろしてもあんた一人じゃたどり着けないよ」

　そう言われ、矢咲は慌ててボストンバッグの中を漁《あさ》り、底のほうでぐしゃぐしゃの蛇腹《じゃばら》に折りたたまれていた薄い緑色の封筒を取り出した。軽く皺《しわ》を伸ばし、そのまま運転手に渡すと彼は無遠慮に中の書類を取り出し、「はいはい」と一人で頷いた。そしてその書類を中に戻して矢咲に渡すと、再びスピードをあげ、三叉《さんさ》に分かれた道の一番左側を行った。方角的にはおそらく、一番海側の道だ。矢咲は薄く窓を開けた。

息を深く吸い込むと、寂しいほどうっすらとした潮のにおいが肺を満たした。

タクシーの白い車が下に止まり、一人の女の子がバックシートから降りてきた。後ろのトランクではなく、バックシートからカートに括りつけたままの赤いバッグを引きずり出している。運転手が手伝っていないところを見ると、荷物はそれだけのようだ。潮風の飛ばしてくる細かい砂で汚れた出窓のガラス越しにその面持ちは判らないけれど、スラリとした、見目の良さそうな女の子だった。インディゴのジーンズに包まれた足は遠目からでも長く細く、ボーイズライクなアーミースタイルのジャケットも嫌味がなく似合っている。

タクシーが走り去ったあと、その女の子は片手でカートを支えながら呆然《ぼうぜん》と、しばらくそこに佇《たたず》んでいた。はるか向こうで雲と交わる灰色の水平線、色彩の薄い荒涼とした草っ原、目の前に聳《そび》え立つ褪せたレンガ色の丸い塔。所在無く立ち尽くす、髪の短い女の子。

ねえ、ここだよ、あがっておいで。小津《おづ》は丸い塔の出窓から、みつ編みにした長い髪の毛を垂らしたくなった。うなじのところでまっすぐに切り揃《そろ》えた小津の髪の毛では、物理的に垂らすことは不可能だけれど、その思いが通じたのか、下に立っている女の子は上を見上げた。レースのカーテン越しなので、下からは小津の姿は見えないだろう。小津は窓際を離れ、ベッドに寝転がった。まだ桜も咲かない季節、入寮してくる女の子たちは少なく、今は小津を含めてこの塔には四人しかいない。新幹線の駅がある県の埠頭《ふとう》から出ている定期船は週一回、明日なので、明日の午後にはだいぶ人が増えるだろう。今、五人目がやってきた。

オイルヒーターが時おり鳴らす、カンカンカン、という音以外聞こえない無機質な静寂の中で、若草色のベッドカバーの上に大の字になっていたら、静寂に微《かす》かな人の足音が混じった。上質な木で仕立てられた太い踵《かかと》の作る足音が、螺旋階段《らせんかいだん》を鳴らしながら上ってくる。小津は起き上がり、新幹線の駅のある町のホテルから持ってきた白いパイル地のスリッパを履いて扉のほうに近付くと、向こうの回廊に耳を欹《そばだ》てた。コツコツと姿勢の良さそうな足音が近付く。樹脂のヒールの靴が増えてきている中、リノリウムで覆われた床に深く響く木製の踵は珍しい。

足音は小津と廊下を隔てた扉の前で止まった。そしてノック。まさか自分の同室ではないだろうと思って気を抜いていた小津は、動揺し、たっぷり十秒は置いてから扉を開けた。

上から見ていたときの想像よりも端整な美しい顔をした、西洋の少年のような髪型の女の子が軽く息を切らしながら所在なさげに佇んでいた。少年のような女の子は小津の顔を見て、安堵《あんど》の溜息《ためいき》をもらし、笑顔になった。

「ああ、誰もいなかったらどうしようかと思ってた、良かった人がいて」

それはとても人懐《ひとなつ》こい笑顔で、小津も反射的にぎこちなく微笑《ほほえ》み返し、尋ねた。

「ここは四階の七号室だけど、間違いはない？」

「うん、ない。確認したから」

少年のような女の子は、手に持ったぐしゃぐしゃに曲がった書類を出して見せた。そこにはこの部屋の番号と「矢咲実《みのる》」と名前の記載があった。男の子なのか女の子なのか判らないのは外見だけじゃないようだ。小津はその丸まった書類と書類の持ち主を見て、再び、先ほどよりももう少し打ち解けて笑いかけた。

「私は小津ひまわり。よろしく矢咲さん」

「ひまわり？　それ名前？　本名？」

初対面なのに矢咲は容赦ない。そのくせちっとも小津を不快にさせないのは、すごい才能だ。

「うん、そう、本名。平仮名でひまわりなの」

「可愛いね、良いな」

屈託なく言って、矢咲はカートを先に通し、するりと扉の中に滑り込んできた。

部屋は微かに扇形になってはいるが、ほぼ長方形で、左右対称にクローゼット、鏡台、ベッド、勉強机が並んでいる。入って左を既に小津が使用している。左側のほうが、窓に近いためだ。矢咲は何の疑問も持たずに窓から遠い右側のベッドに腰を下ろし、深く息を吐きながらそのまましろに倒れ込んだ。

「疲れたー、遠かったー」

「どのくらいかかったの？」

「軽く八時間は」

「コーヒー飲む？　インスタントだけど」

「あ、ありがとう、嬉《うれ》しい」

小津は出窓に置いてあった自分のマグカップに粉を入れ、電気ポットからお湯を注《つ》いだ。インスタントの中でも一番良いのを選んでいるので、美味《おい》しいはずだ。青い飾りのついた銀のマドラーで粉を軽く溶かし、矢咲にマグカップを差し出した。矢咲は起き上がり、もう一度ありがとうと言うと、すぐにカップに口を付けた。猫舌ではないらしい。

三月といえどもまだ外は寒い。そして部屋も、セントラルヒーティングのオイルヒーターは点《つ》いているけれど、窓辺は外気のせいでうっすらと寒い。マグカップからはもうもうと湯気が立っていた。

「ねえ、荷物それだけなの？」

小津は向かいの自分のベッドに座り、床に転がっているカートを指して尋ねた。

「ううん、これは必要最低限のものだけ。あとは送ってあるの。多分明日か明後日《あさって》には着くんじゃない？　ちらかると思うけど、許してね」

矢咲はマグカップを傍らの机に置くと、カートの紐《ひも》を解《ほど》き、ボストンバッグを開けて中身を出し始めた。出てきたものは、カートンのセブンスター、セブンスター、セブンスター、まだセブンスター、そしてジーンズが二本と黒いセーターが二枚、洗面用具やタオルの入っているらしいスーパーの白いビニール袋、最後にスウェットの上下が出てきた。全てをベッドの上に放り出すと、膨らんでいた赤い鞄《かばん》はぺたんこになる。

「ねえ、灰皿ある？」

ジーンズの尻のポケットからひしゃげた煙草《タバコ》と銀色のライターを取り出し、矢咲が尋ねた。

「この部屋禁煙だから、それに私たちは未成年だから」

小津は立ち上がり、矢咲の手を取った。長い指に骨の凹凸の美しい、大きな手だった。

「上のフロアに喫煙所があるから、そこでお願い」


喫煙所は最上階の十二階にあるそうだ。エレベーターが動いていないので、螺旋階段をぐるぐる上って十二階までたどり着いたときには息が切れていた。

はあはあと息をつきながら白い手すりにもたれて矢咲が下を見おろすと、吹き抜けの螺旋階段はアンモナイトのようで、黒と白の市松模様に細工されたグランドフロアの床は、大きなチェス盤のようだった。下から微かに風が吹き上げてきて、頬《ほお》を撫《な》でる。

振り返ってすぐの喫煙所は、一部屋ぶんの入り口の壁が取っ払われているだけの簡素なスペースだった。スプリングのきいていなさそうな三人掛けの古いソファに、木製の丸椅子《まるいす》が三つ並んでいるだけ。床には水の入った真鍮《しんちゅう》のバケツ、窓辺には小さな琉球《りゅうきゅう》ガラスの灰皿と徳用マッチが置いてあった。灰皿には既に二本、見たことのない銘柄の吸殻とマッチの燃えカスが並んでいる。

呼吸が整うのを少し待ち、矢咲は咥《くわ》えた煙草に火を点《つ》けた。吐き出した煙の向こう、窓の外では雨が降り始めていた。海と空が灰色に霞《かす》む。そろそろ日没が近いらしく、向こうのほうの空は本当に仄《ほの》かに、橙《だいだい》に染まっていた。

とうとうこんな遠くまで来てしまったよ。

煙にやるせない溜息が混じる。疲労のため焦点の合わない瞳《ひとみ》で外をぼんやりと見ながら、今しがた顔を合わせたばかりのルームメイトを思い出した。気の強そうな娘だった。赤と銀の糸で中国風の細工がされた黒い部屋着が、顎《あご》のところでまっすぐに切り揃えられた髪の毛と、気の強そうな瞳に似合っていた。中国風の衣服は、似合う人間を選ぶ。苺《いちご》の雫《しずく》を落としたミルクのような白い肌ではダメである。全体的に色素の薄い矢咲の肌は、どちらかというとこっちだが、中国風の衣服は、象牙《ぞうげ》の色をした肌でないと似合わない。そして、その肌の中もふくふくとしていてはだめだ。本物の象牙細工のように硬そうに見えなければいけない。

少し話して、コーヒーを淹《い》れてもらっただけだけれど、だぼだぼの部屋着の中にある小津の身体《からだ》は本当に象牙細工のようなのだろうと想像がついた。ベッドから立ち上がるのを助けてくれるためにつないだ手は、ひんやりとして硬かった。

窓の外の灰色は一秒ごとに濃さを増して夜が降りてくる。ばらばらと雨粒のガラスにあたる音だけが響いていた。部屋と同じく、喫煙所の電気も自分でスイッチを入れないと点かないようだ。立ち上がるのも億劫《おっくう》で、そのまま部屋が闇《やみ》に沈んでいくままにしていたら、しばらくしてからぺたぺたと湿った足音が近付いてきて、ぱっと部屋が明るくなった。

「ああ良かった、どこか違うところ行っちゃったのかと思った」

その声は小津だった。灰皿には、吸殻が合計四本。

「ごめん、電気つけるの面倒くさくて」

「あなたの荷物、明日の船で届くって。明日の夕食前までにパブまで取りにきてくださいねって連絡があったよ」

「パブ？」

「パブリックユニバーシティービルディング。学校の管理事務局みたいなところ」

小津は足音をぺたぺた言わせながら歩いてきて、矢咲の向かいの椅子に腰掛けた。そしてスリッパを脱ぎ、椅子の上で体育座りになると、矢咲に「何見てたの？」と尋ねた。裸足《はだし》の爪《つめ》は丁寧に銀色で塗られていて、何かの機械部品のようだ。

「何も。外はもう暗くて何も見えないし、随分遠くまで来たなぁ、と思ってただけ」

「そうだね、……ここはどこからも遠いね」

　別に同調するでもなく無機質な声でそう答え、小津はポケットから白と青の、矢咲が見たことのないパッケージの煙草を出して、徳用マッチで火を点けた。リンの匂いと煙が広がった。

「煙草、吸うんだ」

「吸うよ」

「さっき聞いたとき、ここまで一緒に来てくれれば良かったのに」

「吸いたいときにしか吸わない」

　舶来煙草特有の甘い香りが漂う。その気だるい煙と、白黒のはっきりしている口調がアンバランスで似合わない。矢咲はなんと返答すれば良いのか判らず、小津の象牙細工のような硬い横顔を、黙ったまましばらく見つめていた。普通、沈黙は恐いものだ。けれども、小津はそこに矢咲が存在しないかのように黙々と煙草の煙だけを吐き出しつづけ、半分くらいに減ったところで火種を灰皿に押しつぶした。

「矢咲さん、もう煙草終わった？」

　立ち上がり、スリッパを履きながら小津が尋ねる。

「え？　うん、終わった」

「じゃあ、一緒に下りよう」

　先ほどと同じく、小津は腕を伸ばし、矢咲の手を取って引いた。その言葉と動作に矢咲は少しほっとした。小津は付き合いづらいほどの個人主義者ではないようだ。少し前まで、他人に干渉されることも関心を持たれることも心の底から拒んでいたというのに、一人になったとたん、この有様か。

「食事の時間だから、私はこのまま一階の食堂まで行くけど、あなたはどうする？」

　先に階段を下り始めた小津は、振り返らずに尋ねた。黒くまっすぐな髪の毛が、白いうなじの上でさらさらと揺れる。その様子に見とれ、何も答えないでいたら小津は更に続けた。

「勿論《もちろん》ガスは使えるからキッチンで何か作っても良いんだけど、あなた荷物に食料が入ってなかったでしょ。食堂に行ったほうが良いと思うよ」

「食堂のご飯は美味しい？」

「普通。でもあなたが舌の肥えてる人だったら美味しくないと思う」

「いや、大丈夫。一緒に食堂に行く」

　小津はちらりと振り返り、笑った顔で「じゃあ行こう」と言った。

入学式前のため、寮にいる人数を食堂側では摑《つか》めないらしく、今のところ小津の知る限りでは朝食も昼食も夕食も全てホットサンドである。具とパンが別々に置いてあり、好きな具を勝手に挟んで、オーブントースターかホットサンドメーカーで焼いて食べる。溶き卵とホットプレートがあるので、パンのバターを油にして自分の好きな卵料理を勝手に作って食べることもできる。

食堂にはまだ誰も来ておらず、高い天井が寒々しい。小津がさっさとピタパンの中にツナやら豆やらを挟んでいると、矢咲がポカンとした顔で立っていた。きっと、冷えた焼き魚と味噌汁《みそしる》とご飯（もしかして漬物も）がプラスチックの四角いお盆に乗っているのでも想像していたのだろう。自分が学校経営者だとしたら、こんなに人が少ない時期に、そんな手間は掛けない。

「卵、スクランブルで良ければ一緒に作るけど、どうする？」

小津は具をいっぱい挟んだピタパンをオーブントースターに入れ、時間を設定すると、もたくさとパンを選んでいる矢咲に声をかけた。

「あー、うん、ハム入れてくれると嬉しい」

のんびりした声が返ってきた。ハムは自分でも入れようと思っていたので、少し嬉しかった。

出来上がったピタパンのサンドイッチと卵を皿に盛り、コーヒーをカップに注ぎ、一番近いテーブルに持っていく。矢咲も少ししてから自分の皿を持ってやってきて、小津の向かいに座り、神妙な顔で言った。

「なんか、想像してた食堂と違う」

「うん、私も最初来たときどうしようかと思った」

「卵、美味しそうだね。明日も卵があるなら、オムレツ作ろうかな」

「あるよ。私が来たときから卵は毎日あるから。オムレツ、作れるんだ」

小津の場合、オムレツを作るとスクランブルになる。

相当空腹だったらしく、まだ熱そうな矢咲のホットサンドは、あっという間に半分くらいの大きさになった。本当に猫舌ではないらしい。ホットサンドがなくなったあとは、スクランブルドエッグの皿を持ってフォークで掻《か》き込み、口をもぐもぐさせながら尋ねた。

「ひまわりさん、いつここに来たの」

「下の名前で呼ぶの、やめてもらって良いかな」

「ごめん、下の名前がインパクト強すぎて上の名前を思い出せない」

「小津、ね。来たのは、なんかここにいると時間の感覚が狂うから、よく憶えてないけど多分四日か五日前だと思う」

どうしてそんなに早くここへ。

という質問はなかった。矢咲は、ふうん、と頷いたきり卵を食べることに専念し、それだけでは足りなかったらしく、もうひとつサンドイッチを作るために席を離れていった。よく食べる。

「ねえ、オムレツ作って。トマトの」

小津はホットプレートの前に立っている矢咲の背中に声をかけた。二人分を食べられてしまったので、目の前の皿にハムのスクランブルドエッグはもうない。

「あなご？」

「あとで耳掻き貸してあげる。トマト」

「トマトないよ」

「いや、あるって」

小津は立ち上がり、サンドイッチの具が入ったボウルを一通り見回し、トマトの入ったものを手に取ると、矢咲に差し出した。アリガトと言って矢咲はそれを受け取り、ホットプレートに撒《ま》いた卵の中にスライストマトを花のように散らしながら、「昔、穴子のオムレツを食べたんだ」と、言葉を続けた。

「穴子オムレツ？　卵焼きじゃなくて？」

「うん、多分卵焼きをイメージしたんだろうけどね。それはオムレツだった」

「美味しいの？」

「いや、全然。穴子にケチャップは死ぬほど合わないよ」

「だろうね」

どこから来たの？　どうしてこの学校に来たの？　そういう話題が出ないように、二人して卵だけを見つめる。

矢咲は美味しそうにぷつぷつと白い泡を立てる卵をヘラで器用にくるりとまとめ、黄色い流線型の綺麗《きれい》なオムレツをホットプレートの中に作った。そして料理人のような手際のよさでそれを皿に移し、小津に手渡す。小津の作った煎《い》り卵みたいなスクランブルドエッグと違い、フワフワで美味しそうだった。

「それ以来、ケチャップだめになったんだ。だから味付けは自分でやって」

「うん」

卵料理には「塩」派なので、小津はケチャップをかけない。さらさらと食卓塩をふりかけていると、矢咲が言葉を続けた。

「ねえ、サンドイッチって、お部屋で食べちゃダメなのかな」

「考えたこともなかったけど、どうだろう」

「きっと大丈夫だよね？　お皿一枚くらいなくなってもバレないでしょ。誰もいないし」

　そう言うと、矢咲はオーブントースターからホットサンドを取り出し、皿に取ってそのままテーブルを通り過ぎて歩き出した。小津と矢咲の物理的距離が遠くなり、小津はまたこの広い部屋で一人の食事かと思うと、矢咲が作ってくれた目の前のオムレツが急に不味《まず》そうに見えてきた。

「小津さん、早く行こうよ、冷めちゃうよ」

　矢咲の能天気な声が背中から聞こえる。振り返ると矢咲は、皿を片手に持ち、もう片方の手のひらで小津を手招きしていた。小津はぱっと花が咲いたような気持ちになり、オムレツの皿とフォークを持って椅子から立ち上がった。

桜の海

入学式から少し遅れて、ダウンタウンの桜が咲いた。かすかに漁港のにおいが飛んできているような場所に対して「ダウンタウン」というハイカラな呼び方をすることに、都岡《つおか》は最初のうち抵抗があったけれども、慣れてしまえばどうということはない。満開の桜並木の下には、アメリカの某巨大テーマパークを髣髴《ほうふつ》とさせる、お菓子の家のような店がずらりと連なる。シャンプーや珍しいお菓子などを買い込む女の子たちがちらほらと姿を見せる生活用品店を兼ねた雑貨屋で、父親に送るカードを選んでいると、三島《みしま》が横から覗《のぞ》き込んできた。長い髪の毛から甘い桃の匂《にお》いがふわりと漂う。

「またそんな地味なの選んで」

三島は都岡が選んだ紺色のシンプルなカードを手から奪うと、元の棚に戻してしまった。そして、蝶《ちょう》のようにひらひらと手のひらを舞わせ、ファンシーなピンク色の猫が描かれたカードのところで止まった。

「これにしなよ」

おもちゃのように小さな爪《つめ》の付いた指先がそのカードを摑《つか》み出し、都岡に差し出す。

都岡は小首をかしげたファンシーな猫に寒気を感じ、思わず首を横に振る。

「それなんかやだ、可愛すぎるよ」

「なに言ってるの。父親に送るカードでしょ？　娘が父親に送るどんなものだって、可愛すぎるなんてことはないってば」

三島はそう言って、勝手にそのカードを買い物籠《かご》に入れた。

寮の自動販売機、校舎群の中にあるカフェや文具店、そしてダウンタウンにある全ての店での会計は、学生証をカードリーダーにかざすだけの自動精算である。お金を持ち歩く必要はない。籠の中のものを順繰りにレジ台に乗せ、（商品のどこかについている）バーコードを読み込ませ、合計金額が表示されたら学生証を精算機にかざす。三島はさっさと自分の学生証をかざし、会計を済ませた。

ダウンタウンには、飲食店もあれば洋服屋もあるし靴屋もある。飲食店では世界的に名の知れたパティシエのデザートが食べられたし、洋服屋では、通常の国内ブランドは勿論《もちろん》、希望すればパリでコレクションをしているデザイナーが若年層に向けて作っているセカンドラインのプレタポルテも、アラブの民族衣装も買えた。靴屋では、型を取って革を選んで、靴底の素材まで選べるフルオーダーのものが手に入る。どういう仕組みでこの町が成り立っているのかは誰も知らないけれど、生活していく上で、知ろうとする必要もなかった。

ここの女の子たちのする買い物は、全てその親か後見人の口座が引き受けることになっている。学生証はいわばサインレスのクレジットカードなので、彼女たちは皆、ダウンタウンでとても計画性のない買い物をした。三島と都岡の部屋には、桃の匂いがするフランスのシャンプーがもう五本もあるし、アロマキャンドルで虹を作れるし、苺味《いちごあじ》のオートミールなんか十箱もある。バナナ味のオートミールを見付け、会計が済んだあとだというのに三島はその前でだいぶ悩んでいた。このままだと部屋が食べもしないオートミールに埋まってしまう。都岡は「もう帰ろう」と言って三島の手を取り、店の扉を開ける。日はだいぶ延びていて、もう五時過ぎだというのにまだ外は明るかった。

斜向《はすむ》かいには白い壁に出窓が可愛いカフェがあった。

「あ、ねえ都岡、期間限定さくらんぼのパルフェだって、美味《おい》しそう。食べていこう」

三島は外に出ていた黒板のメニューを目ざとく見付け、逆方向に都岡の手を引いた。

「寮に帰ってからバナナのマフィン焼くんじゃないの？」

都岡は本来の目的であった小麦粉やバナナを見せるため、紙袋を傾ける。三島が突発的に、朝ご飯のパンとマフィンが口に合わないから自分で作る、と言い出したので、一緒に買い出しに来たのが本来の目的だった。袋にはバターも入っているし、できれば早めに冷蔵庫に移したい。

「ううん、パルフェのほうが食べたい」

言い出したら聞かない人なのは昔から知っている。そしてその我儘《わがまま》に抵抗できる立場ではないということも知っている。だからこそ、自分は今この場所にいるのだ。都岡は素直に諦《あきら》めて道を渡り、三島と一緒にカフェに入った。もしバターが溶けてしまった場合は、帰りにまた買えば良い。


結局バナナのマフィンは都岡が一人で焼いてくれたようだ。三島が起きたら、部屋の真ん中に配置したアンティークの丸テーブルの上に、ほかほかと湯気を立てているバナナマフィンが置いてあった。シナモンとバターの甘い匂い。チューリップの形をした、机備え付けのランプが、大皿に無造作に盛られたマフィンを照らしている。

枕元《まくらもと》の時計は午後十時を回っていた。ダウンタウンから帰ってきて、どうやらそのままベッドに転がって寝てしまったらしい。三島は勉強机の上に手を伸ばし、ミネラルウォーターのペットボトルを摑むと、蓋《ふた》を開けてごくごくと喉《のど》を鳴らして飲んだ。食堂は八時半に閉まる。寝ていて夕飯を食べ損ねたため、とてもお腹《なか》が空《す》いている。唇から零《こぼ》れた水を袖《そで》で拭《ぬぐ》い、ベッドから降りて、マフィンをひとつ摑んで口に入れた。まだ熱い。

マフィンのレシピは、高校のときの調理実習のものだ。中年の女教師はものすごく冴《さ》えない顔だったけれど、彼女のレシピはどんな料理教室のレシピよりも素晴らしく、いまだかつてあれほど美味しいマフィンを食べたことはない、というのが二人の共通見解だった。授業で習って以来、具を変えて結構な回数焼いている。チョコレート、ブルーベリー、チーズ。色々試したけれど、バナナが一番美味しい。

ひとつ目のマフィンを水で胃に流し込み、もそもそと二個目のマフィンを食べていると、都岡が長い髪の毛をタオルで拭《ふ》きながら部屋に入ってきた。

「あ、起きたんだ。もう眠くない？」

シャンプーの桃の匂いが部屋中に広がった。シャワーを浴びて一人すっきりした顔をしている都岡に向かって、三島は詰《なじ》る。

「どうして夕飯に起こしてくれなかったの？」

「起こそうとしたら、すごい剣幕で怒られたからだよ？　憶えてないでしょ」

ぐうの音も出ない。気まずい顔をしてうつむいていたら、都岡が笑いながら言った。

「今日はバナナマフィンで我慢しなよ。ココア淹《い》れてあげるから」

都岡の淹れるココアはとても美味しい。三島は頷《うなず》き、まだ水滴の落ちる都岡の長い髪の毛を、後姿の小さい肩と共に見つめた。西洋人の小さな女の子のような髪の毛だ。細くて茶色くて、毛先がくるくると巻き毛になっている。肌の色も、生粋《きっすい》のモンゴロイドには有り得ない色なので、多分実際に西洋の血は混じっているのだろうが、本人から出生についての話を聞いたことはない。毎月、外国にいる父親宛《あ》てにカードを書いてはいるが、それが本当に父親に宛てているものなのかどうかも謎《なぞ》だった。

しばらくしてココアの良い匂いが漂う。都岡は三島と違って几帳面《きちょうめん》なので、まずココアパウダーをお湯で丁寧に溶かし、そのあとで砂糖とミルクを入れ、最後に電子レンジで何十秒かだけ温める。三島が作ると、ココアパウダーと砂糖とお湯とミルクを一度にカップに入れて長時間電子レンジで温めるので、必ず泡を吹いて電子レンジが汚れた。三島は特にレンジが汚れていても気にしないので、いつも掃除するのは都岡だ。

ふたつ目のマフィンを食べ終わって、三つ目を食べようかどうしようか悩んでいると、はい、とココアのカップが手渡された。

「ありがとう」

都岡も同じカップを持って、丸テーブルの椅子《いす》に腰掛けた。

「さっきね、キッチンでオーブン使ってたら、美味しそうだねってって誰かにマフィン持ってかれちゃった」

「良いじゃない、ひとつくらい」

「いや、ふたつ」

長年付き合っていると、表情に乏しい都岡の顔からも、感情が窺《うかが》える。明らかに不機嫌だった。性格が几帳面な分、こういうところもキッチリしている。都岡とダウンタウンに出かけて買い物をするときは、全て三島の学生証で支払いを行っている。三島と都岡では家の貧富の差が歴然としているので、それは当然のことだと三島は思っているが、都岡からすれば、納得ができないようだ。二人で買い物をしたあとは、いつもこうしてマフィンを一人で作ってくれたり、三島の爪に綺麗《きれい》な絵を描いてくれたりする。

「持ってったのってどんな人だった？」

三島はココアのカップを口に付ける。ハーシーズ特有の癖のあるチョコレートの匂いが鼻の中に広がる。

「なんか、背の高い、びっくりするくらい髪の短い人」

「珍しいね、ここで髪が短いなんて。上の学年の人？」

「いや、トイレットペーパーの在庫の場所知らないかって聞いてきたくらいだから、私たちと同じ一年生だと思う」

「マフィン持ったままトイレに行ったのかな」

「やめてよ」

都岡の顔が本当にイヤそうだったので、三島はおかしくてけらけらと笑った。その夜は結局マフィンを五つも胃に収め、次の朝三島は胃もたれがひどく、ベッドから起き上がることができなかった。


ここは、どこからも遠い。

都岡はパブへと続くだらだら坂を一人で歩きながら、何度か振り返り、灰色の海を見た。灰色の海と空の向こうには必ず何かがあるはずなのに、ここからだと永遠に何もないように見える。

この学校はどこからも遠い。

提携している高校からの入学で、一定の条件をクリアしていれば、入学試験はない。その一定の条件の一部として、入学時の一時寄付金が二口以上支払えること。保証人の作った生徒名義の口座には、必ず一定額以上の残高があること。そして、戸籍上の性別が女子であること、があげられる。四年間この学校で過ごし、惜しみなく寄付を行うことにより、場合によっては欲しい学校の卒業証書が手に入る。

入学案内すらまともに読んでいない三島の代わりに、都岡は入学書類を熟読し、その規律をおおまかに要約して三島の父親に手紙で伝えた。三島敦子《あつこ》は、三島翁の血を引く娘達の中でも、特に父親に可愛がられている。その三島敦子が肌身離さず連れ歩いている友人が都岡なので、必然的に都岡も三島翁から可愛がられていた。

大学が決まったとき、わかった風な口をきくクラスメイトたちから、三島と都岡は「島流し」と呼ばれた。誰にも秘密にしていたのに、そういう美味しそうな匂いのする話は、どこからでも漏れるものである。その話が本人たちの耳に入ったとき、三島は都岡の制服の袖を握り、下唇を嚙《か》み締めて涙を堪《こら》えていた。クラスの誰よりも可愛い三島。お勉強はできないし、運動もできないし、絵も下手《へた》だし、本当に何もできないけど、父親の地位とその可愛らしさだけで、教師達は三島を過剰に贔屓《ひいき》した。勉強も運動もできるクラスメイトからすれば、そんな三島の島流しを知って、よほど嬉《うれ》しかったのだろう。

なによ、本腹の子がそんなに偉いの。東京の大学に行くのがそんなにすごいことなわけ。

吐き捨てるような低い声と共に、都岡とお揃《そろ》いのさくらんぼのシールを貼《は》った爪が、きりきりと都岡の制服の袖を締め上げる。

実際この岬の学校は、島ではなく本州と陸続きだけれど、普通の島より何倍も世間とは遠い。今考えれば、あの意地悪なクラスメイトもうまいことを言う。

パブに着いて事務局で荷物を受け取った。「島流し」になって一ヶ月、都岡の元に届いた父親からの手紙と小包みだ。小包みは一度開封されたあとがあり、「checked」の文字と学校名のスタンプが押してある。台車は使いますか、という事務員の申し出を断り、都岡はちょうど小脇《こわき》にかかえられるサイズの箱を両手で持ってパブを出た。

きっと税関のチェックなんかより、この学校のチェックのほうがよほど厳しいのだろう。気付けば、鼻につく土の湿るにおい。大粒の雨が降ってきている。台車を借りればよかった、という後悔と共に前を見遣《みや》ると、遠くのほうの海に天使の梯子《はしご》が降りて、水面がキラキラと光っていた。

三島は、この大学と提携している中高一貫の女子校から上がってきているので、過去六年間は校則で髪の毛を肩甲骨よりも上に切れなかった。今更切ろうとも思わない。同じように三島と一緒にここに来た都岡も、髪を切ろうとは考えていないだろう。

マフィン泥棒は、ほどなくしてその正体を現した。髪の毛の短い人、なんて、この寮には片手で足りてしまうくらいしかいない。自分の前を、モデルのように姿勢良く歩いている二人組は二人とも髪の毛が短かった。一人はうなじが見えるくらいのおかっぱ頭で背丈がそれほど高くない。もう一人のほうは西洋の少年のように短い髪の毛で、男の子のように背が高い。

潔いほどに短い髪の毛を後ろから眺め、前を行く二人が四階で螺旋階段《らせんかいだん》から外れたのを確認した。おかっぱ頭のほうの子は、横顔がエジプトの壁画のようだった。背の高いほうはアーサー・ラッカムの絵本に出てきそうな、「西洋の王子様」という感じだった。

三島はそこから更に二フロア分階段を上り、部屋へ戻る。

扉を開けると、部屋の床には開封された小ぶりの段ボールが放置してあり、その箱の持ち主はベッドの上でうつ伏せになって、楽譜を広げたまま眠りこけていた。起こさないようにそっと近寄り、その譜面を確認する。「My Favorite Things」。マリアという家庭教師が七人の子供と仲良くなって歌を教える有名なミュージカルなのに、その映画の題名が出てこない。

楽譜の横に、手紙があった。さすがに手紙を覗くのは、いくら友達といえど気が引ける。しかもここから見る限り、文面は英語だ。解読するのにも時間が掛かりそうだし。

都岡とはもう六年間も友達だけれど、彼女の素性は何ひとつ判らない。唯一、自分の家よりも貧しい、ということがはっきりしているだけで、あとは外国の血が入っているというのは推測だけだし、音楽大学（ジュリアードとかいう）に行きたかったけれど、奨学金を取れるほどの才能はなくて、結果ここに「島流し」になったということも、推測でしかない。それでも、うっすらとそばかすの散った都岡の頰《ほお》を見ながら、色々と彼女の素性を想像するのが三島は好きだった。

この学校に寮は三つある。寮費がそれぞれ違うのだと都岡が言っていた。一番海に近いこのラプンツェルの塔（都岡は恥ずかしがって呼んでくれないが、三島は一人でもそう呼ぶことにした）は、実は一番ランクが低いらしい。確かに、入寮したあと、その内装のショボさに二人して絶句し、すぐに家具を全部取り替えた。

一番敷居の高い寮は、森の中にある。見たことはないけれど、確か案内に写真が載っていた。南関東のベイサイドにあるホテルのような外観だった気がする。三島たちが暮らすラプンツェルの塔で森の寮の住人と会うことはないけれど、授業を受ける校舎群は同じなので、四月の初めに、そのうちの何人かを遠目に見たことはあった。どこかのパーティーか茶会で確実に顔を合わせているはずだが、お互いに目が合っても知らぬ振りをした。

三島の父は、最初その森の寮に三島を入れようとしていた。この寮ならば、部屋続きで使用人を一人つけることができる。しかし、三島がそれを嫌がった。都岡が経済的に、ラプンツェルの塔にしか入れなかったからだ。自分が一人で森の寮に入ったら、都岡は一人でラプンツェルの塔に入らなければならない。そうしたら、自分以外の、他の子と二人部屋になる。それはどうしても嫌だった。都岡を使用人として傍《そば》につける、という父の代替案は、三島の激怒と共に却下された。

こんなに綺麗な愛《いと》しいお友達を使用人なんて、何を考えてるのかあのクソジジイは。

三島は丸テーブルの椅子に座り、雨で薄暗くなってきた部屋の中で白く輝くような都岡の寝顔を眺める。やっと一緒に暮らせるようになったんだから、四年と言わず、永遠にここにいられれば良いのに。手を伸ばし、爪にお揃いのシールが貼られた都岡の指先を触ろうとしたら、突如窓の外で、ガーン、と鈍く派手な音がして、寝ていた都岡が勢いよく起き上がった。

「な、なに？」

「雷。……雨降ってるから」

珍しく慌てふためく都岡に、三島はそ知らぬふりをして床にあった段ボールを漁《あさ》りながら答えた。ちょうど良くグミベアの袋が出てくる。

「ねえ、これちょうだい」

「あ、うん、良いよ」

答えるよりも早く、三島はパッケージを破り、オレンジ色と紫色の小さなクマを口の中に放り込んでいた。ダウンタウンでもグミベアは売っているが、「サワーグミベア」という違う商品なので、好んでは買っていない。毒々しい色のグミベアは、健康を気にしている子たちにはあまり受けないのかもしれない。こんなところまで来ておきながら、今更何が健康か。

「それ、手紙、お父さんから？」

枕元の薄い便箋《びんせん》を指して、三島が口をもぐもぐさせたまま尋ねると、都岡は小さな声で多分、と答え、便箋をたたみ直し、封筒に仕舞った。三島はそれ以上何も聞くことができない。起き上がり、出窓から外を見る都岡は、「桜、散っちゃうね」とどこにも見えない桜の心配をした。雨の音に風の唸《うな》りが混じり、窓ガラスが立てる音は激しくなる。向こうのほうに見えていた天使の梯子ももう今は見えない。

お父様
ご無沙汰《ぶさた》しております。リリコは先日入学式を無事迎えることができました。お知らせが遅くなって申し訳ありません。ここは、晴れた日はとても海が綺麗な場所です。住むことになったのは、12階建ての丸い塔の6階のお部屋になりました。三島さんのお嬢さんはこの寮を「ラプンツェルの塔」と呼んでいますが、私にはとても子供っぽくてそんな名前で呼ぶことはできません。

部屋は広くて快適です。三島さんにも相変わらず仲良くしていただいています。

ただ、不自由な点としては、ここの学校施設にはATMも銀行もないので、現金を引き出すことができません。特にここでは現金を使用する必要はないのですが、なんとなく手元にないと不安になるものなのですね。今まで気付きませんでした。

また、新聞と雑誌が手に入りません。ブックストアへ行けばファッション雑誌などはあります。しかし私が読みたいのはTIMEとNewsweekです。ダウンタウンのブックストアではVOGUEもHarper'sBAZAARも十カ国以上のものが手に入るのに、Newsweekは日本語版すらありません。新聞もどこにも置いていないため、今世界で何が起きているのか、さっぱり判《わか》らないのです。何しろ部屋にテレビを置くことが許可されておらず、設置しても電波の状況がどうとかで、音声も映像も入りません。校舎にあるパソコンでインターネットというのも試してみたのですが、いまいちパソコンの使い方が判らず、三島さんと共に一時間くらいで挫折《ざせつ》しました。

パソコンの使い方の授業もあり、ワードというのでパーティーの招待状を作成したり、とても楽しいのですが、インターネットの使い方というのは教えてもらえません。

私は入学にあたり、三島さんの援助を受けている身です。せめて三島さんのお父様が現在どのような状況に置かれているのかは、把握しておきたいのです。

というようなメッセージカードを、入学式の直後に父に送ったような気がする。三島の選んだ、可愛らしいピンク色の猫のカードで。

あの段ボール箱から、学校側に抜き取られていたのは現金と雑誌とインターネットの入門書だ、ということが、数日してから判った。小包みが届いてから何日か連絡を入れなかったら、父の秘書の若いユダヤ人青年から電話がかかってきた。三島も部屋にいたが、会話は英語なので内容は判らないはずだ。

「荷物は届きました？」

「ええ。でも私の手元に来たときには開封されていたから、本当は何が入っていたのか判らないの。あなたからは何を送ったの？」

「あなたのお父様から、あなたが好きだと聞いているキャンディを何種類かと、ボビイブラウンのネイルキットと、ミュージカルの楽譜を三冊、ここ二ヶ月分の Newsweek と、インターネット入門書、これは日本語の本をキノクニヤで仕入れました。それから現金を一千ドル。現金一千ドルは本日、学校名義でこちらの口座に戻されていました。そのことでご連絡を申し上げようと思って」

そこで、電話は切れた。まだ秘書の青年（確かアレックスという名だった）は話している途中だったというのに。都岡は動揺が表情に出ないよう用心し、受話器を壁に戻す。

「誰から？」

三島はベッドの上で、読めもしないフランス版のVOGUEをパラパラと捲《めく》りながらのんびりと尋ねた。都岡はその質問には答えず、三島に尋ねた。

「ねえ三島、今の相撲《すもう》で横綱って誰だか判る？」

「相撲？　なに都岡、好きなの？」

きょとんとした顔で三島は問い返す。確かに、あまりに唐突で、あまりに脈絡がなさすぎる。

「いや、特には」

「へんなの、都岡ったら」

全く興味無さげに笑うと、自分の発した質問も忘れて三島は再び雑誌に目を落とした。

「ねえ、ラブ・モスキーノの新作バッグ可愛いよ、見て見て。色違いで取り寄せてもらおうよ。私青ね。都岡が赤ね」

「え、三島のほうが赤が良いよ」

「ダメだよ私は黄色人種の肌だから。赤が似合わないもん」

誰よりも赤い口紅が似合うくせに、よく言う。

都岡は三島のベッドの縁に座り、雑誌を横から覗き込んだ。西洋人のモデルが裸のような恰好《かっこう》で、バッグで胸を隠している広告だった。このページを閉じても、そのバッグがどんな形だったのか、三島は詳細に記憶しているだろう。でも、横綱が誰なのかは知らない。確かに相撲は唐突過ぎた。だとしたら、今の総理大臣が誰なのか、この娘は答えられるんだろうか。

深夜の月

鮮やかな青空の下に花咲くマーガレットの写真が印刷されたグリーティングカードと、藍色《あいいろ》のインクが入った万年筆を十二階の喫煙所に持ち込んで、矢咲が外を眺めていたら、あっという間に結構な時間が経過していた。既に空気に橙《だいだいいろ》色が混じっている。業者が入ったらしく、窓ガラスの外側は汚れが落ちて綺麗《きれい》になっている。ここから見える景色はいつもどこか霞《かす》んでいるけれども、その日はガラスが綺麗な分、少しだけ鮮明に見えた。

手元のカードはまだ白い。入学してから今までに、一体何枚カードを書き損じたことか。矢咲は三本目の煙草《タバコ》に火を点《つ》ける。学校内でも煙草は自動販売機で難なく手に入る。グリーティングカードなんかタダみたいな値段で手に入る。

手に入らないのは、青い空とここから外の世界の出来事。

小津がそう言っていた。この学校施設の外、という意味だろう。実際矢咲は外の世界からの隔離を目的にここに来た。他人からのあからさまな好奇心や憎しみの視線、楽しげに口に上らす悪意に満ちた噂話《うわさばなし》から逃げるため、この世の果てまでやって来た。外の世界が手に入らない、そんなもの手に入れようとも思わない。

ここに着いて二ヶ月半、季節は春から梅雨《つゆ》になり、以前にも増して空の青色が珍しい。今窓の外に見えている薄水色の空は、本当に貴重だった。カードを書きに来たんじゃない、この空を見に来ているんだ。溜息《ためいき》をつけばぱらぱらと灰が飛ぶ。

自分たちの部屋からダウンタウンよりも外へ行くことはなかった。小津の吸っているロスマンズはダウンタウンまで行かないと手に入らない煙草なので、小津が買い出しに行くときにはちょくちょく付いて行って、歯磨き粉などを買い足しているが、基本的には一人で喫煙所でぼーっとしていることが多い。煙草を吸う人口は少なく、喫煙所にはたいてい矢咲一人だった。時々、驚くほど赤い爪《つめ》をした上級生が見たこともない細い煙草を持って現れたが、その他、おぼろげにも憶えているのは四人くらいしかいない。煙った部屋の空気は緩いゼリーのように固まり、矢咲の周りだけ時間を止める。

黒川さくら様、

白い紙面に藍色の文字でそれだけを書き込み、矢咲は再び手を止めて溜息をつくと、万年筆の蓋《ふた》をくるくると閉めた。また書き損じた。もう彼女は黒川ではない。カードの真ん中に指を添えて上下にねじると硬そうに見えたカードは、あっけなくふたつに破ける。

「あー、勿体無《もったいな》い」

いつの間にか部屋の入り口に立っていた小津が、絶望的な声をあげた。手に持ったマグカップが傾かないよう、慎重に歩いてきて、矢咲の向かいの椅子《いす》に座る。

「修正ペン使えばまだ書けるのに」

「そんなみみっちいことしないよ」

「みみっちいことからエコライフは始まるんだよ。今日はね、バリコピ。飲んでみる？　美味《おい》しいよ」

出窓に置かれた大きなマグカップからは、コーヒーというよりも麦茶のような匂《にお》いがしている。

「コピ？」

「うん。現地の人はコーヒーって発音できないの。コピって可愛いよね」

言われてみれば、今日の小津の恰好《かっこう》はどことなく東南アジア風である。極彩色のシルクのシャツに、大きなギンガムチェックの巻きスカートに、金の鈴がついた草鞋《わらじ》のようなサンダル。矢咲がいつも黒いセーターにジーンズかジャージなのに対して、小津はよくあのクローゼットに収まると感心するほど様々なジャンルの服を持っていた。しかも、どんな服も着こなす。今日の一見奇天烈《きてれつ》な組み合わせも、良く似合っていた。

「今ね、部屋にお香焚《た》いたから、もうしばらくして戻れば良い匂いがするよ」

小津は煙草に火を点けて言う。

「お香？　何の？」

「カモマイル。あなたなんかイライラしてそうだったから、そういう人には鎮静効果があるんだって」

小津が気を使ってくれているのか、我が身への被害（矢咲の歯軋《はぎし》りによる睡眠不足）を最小限に抑えるためなのか、よく判《わか》らなかったけれど、とりあえず矢咲は素直に感謝した。

「ねえ、それ、そのカードひまわり？」

「ううん、マーガレット」

「空の写真の部分だけちょうだい」

矢咲は空の写真が印刷された部分の裏を見る。ちょうど「黒川さくら様」という文字が書かれていた。再度万年筆の蓋を開け、力いっぱいその文字を塗りつぶすとカードごと小津に渡した。

「ありがとう」

青い空の写真を小津は嬉《うれ》しそうに受け取り、その四角く切り取られた小さな空を彼女が眺めている間に、窓の外にある大きな空の向こうでは日が沈んだ。


ニューヨークは結構いつも曇っている。ロンドンもわりと、というかかなりの確率で曇っている。日本の空は中途半端に薄くて浅い。空が一番綺麗なのはカナダの西側だと思う。

小津は矢咲からもらった書き損じのカードを空の部分だけ切り取り、壁に貼《は》ってある空の写真を集めたコラージュの模造紙に貼るために、テープを付けようとした。雑誌の切り抜きや切り取ったカレンダーなどで模造紙はだいぶ埋まっている。雲ひとつない青い空、羊雲の浮かぶ青い空、薄い飛行機雲のたなびく夕暮れ間近の橙がかった青い空。壁一面が晴れた青い空になれば良いと思っていた。

セロファンテープを切り、丸めて貼ろうとして、小津はその白い面に藍色で塗りつぶされた文字を見る。辛うじて、さくら、という単語だけ読み取れた。宛名《あてな》だけで書き損じるなんて、どれだけ激しく慌てていたのだ。

なぜ親は女の子に花の名前をつけたがるのだろうか。

さくらならポピュラーだし可愛いが、なぜ自分の親は娘にひまわりなんて突拍子もない名前をつけたのか。中国語でも「ひまわり」は発音の違いはあれど「向日葵」という漢字を使う。せめて中国語発音のままで名前にしてくれれば、日本で生きていくにあたって、初対面の人との話題がすべて自分の名前について、という退屈なことは避けられたのに。

初対面のとき矢咲は小津の名前を聞いて、「可愛いね」と言っただけだった。由来を聞いてこない人はかなり珍しいので、小津は驚きつつもほっとした反面、何か物足りなかった。

ひまわり？　珍しい名前だね、親御さんはどうしてひまわりって名付けたの？

母が日本語では子供にどういう名前を付けたら良いか、ルールを知らなかっただけです。

あれ？　あなた日本人じゃないの？

日本人です。でも母が中国人です。

へえ、ハーフなんだね。中国のどこ出身なの？

私が生まれたときには母はＵＳにいたので、出身地は判りません。私も中国に行ったことはありませんし。

華僑《かきょう》なの？

まあ、そんなところです。

というような会話を、小津は出会う人の八割以上と繰り広げてきた。そしてそのあと、中国に行ったことのある人は、中国の素晴らしさを小津と共有しようとし、反中派の人は、中国に対する怒りを小津にぶつけ、祖国に帰りたくても帰れない、祖国の言葉すら喋《しゃべ》ることのできない在日韓国人は、祖国を捨てて日本人の子供を産んだ小津の母を罵《ののし》った。

人間の括《くく》りはなんなんだろう。名前の由来を正直に話した瞬間小津は、少し変わった名前の女の子から、華僑の中国人になる。別に母親は華僑でもないし、母親の要望により小津の国籍は日本である。

先日この寮で、西洋人との混血と思われる女の子を見かけた。一片の訛《なま》りもない流暢《りゅうちょう》な美しい標準語は、彼女の顔さえ見なければ何も違和感がない。いっそ世界中の人が、同じ目の色、肌の色、髪の色を持ち、国も国籍もなく、全てが海でつながっているだけの「隣の町」になってしまえば、そして名前など全てアルファベットと数字の管理番号になってしまえば、人間の括りなんてなくなるのに。

小津は巻いたセロファンテープを貼り、コラージュの白い部分にカードの破片を貼り付けた。青い空の面積が増えた。


七時半を回った頃、矢咲が喫煙所から戻ってきた。小津は二日前に買った東京の有名レストランの味を謳《うた》うグラタンを解凍して食べていた。食堂は相変わらずビュッフェなので、飽きるとダウンタウンのスーパーで食料を買ってくる。

二週間ほど前に矢咲と相談して、部屋の床にモンゴル風のラグを敷き、大き目のローテーブル（いわゆるちゃぶ台）を置いたので、部屋での食事も快適だった。勉強机で食べるご飯はさすがに美味しくない。

「あ、グラタン食べてるんだ。美味しい？」

「うん。矢咲なに買ったんだっけ？」

「私はパエリアとケイジャンチキン」

冷蔵庫を開けて矢咲はそのふたつを両方取り出し、同時に電子レンジに入れた。そして、下の段からクランベリーの発泡ジュースを出し、蓋を開ける。

「飲む？」

「うん」

煙草は全面的に黙認されているのに、この寮内ではアルコールが許可されていない。噂では、過去に酔っ払って螺旋階段《らせんかいだん》から転落死した子がいるらしい。黒と白のチェス盤のような市松模様の床に赤い血が飛び散る様子を想像し、小津は少し背筋が寒くなる。

淡い赤の液体の入ったグラスを受け取り、小津が「カード書けた？」と尋ねると、矢咲は、もうカードがない、と答えた。

「ものすごく地味で可愛くないのならたくさんあるけど、いる？」

矢咲が向かいに座りながら、見せて、と言ったので小津は立ち上がり、勉強机の抽斗《ひきだし》から白いカードの束を取り出して、矢咲に渡した。全て同じものに見えるけれど、透かし模様の位置や柄が、それぞれ微妙に違う。そしてカードを開けると、右下に薄いグレーで「Fang Yo」の文字が入っている。

ひとつひとつ模様を透かして見ながら、矢咲はその文字を見付けた。

「ファンヨーって、こういうグッズも出してるの？　どこで売ってるの？」

洋服のことなど全く気にかけていない外見をしていながら、その口ぶりから彼女がファンヨーの名前を知っていることに、小津は少し驚いた。

「売ってないよ。それはショーとかパーティーのインビテーションに使うためのカードだから」

「へえ、レアだね」

そう言って、矢咲は束の中から二枚を選び、残りの束を返してきた。抜いた二枚を再び照明にかざし、透かし模様を確認している。一枚は曼荼羅《まんだら》模様と、もう一枚は大きな唐草模様のものだった。小津はあまり真剣に見たことはなかったが、結構綺麗だ。

「貴重だから、きっと気をつけて書けると思う。もう書き損じないよ」

「書き損じるときは、空の写真のカードでお願い。それに、破らないでそのままちょうだい」

届かない言葉はこの部屋の空になる。食べ終わった容器を窓際のゴミ箱に捨てに行き、窓の外を見ると久しぶりに晴れている夜。小津はガタガタと窓を押し上げた。湿気てひんやりとした空気と一緒に、遠くで波が岩壁に打ちつける音が流れ込んできた。


黒川さくらの夢を見た。それは擦り切れたフィルムで上映される古い映画のようで、視界のスクリーンからさくらの姿は時々消える。あ、と声をあげても何も聞こえず、世界は無音のまま映像だけがつづいていた。

胸が苦しくて、鼓動がクシコスの郵便馬車と同じくらいの速さになった頃、びっしょりと寝汗をかいて矢咲は目を覚ました。力いっぱい歯軋りをしていたらしく、顎《あご》が痛み、背中が強張《こわば》っていた。呼吸を整え、手の甲で顔を拭《ぬぐ》う。部屋は寒く、水を飲むために上半身を起こしたら、一気に汗が引いた。窓辺を見れば、夕飯のときに小津が開けた窓がそのまま開きっ放しになっている。寒いはずだ。

目を擦《こす》り、ベッドから降りて窓を閉めようと桟に手をかけたら、外の藍色の空には白い楕円《だえん》の月がぽかりと浮かんでいた。ここに住み始めて以来、輪郭の見て取れる月を目にしたのは初めてかもしれない。小津を起こさないよう静かに窓を閉める。身体《からだ》が冷え切ってこのままではもう眠れないだろう。クローゼットを開けて着替えとタオルを取り出すと、矢咲は部屋を出た。

トイレは各階にあるが、シャワールームは隔階にしかない。四階にはシャワールームではなくキッチンとランドリーがある。階段を上り、五階のシャワールームの扉をあけた。当然こんな遅いというか早い時間にシャワーを浴びている子はいない。暗い空間には、ゆるんだ水道の蛇口から水滴の落ちる音が響いているだけだった。

頭から熱いお湯を浴びながら、矢咲は記憶の中に断片的に湧《わ》いてくる夢の続きを消そうとした。こんな遠くに来ているのに、思いの呪縛《じゅばく》からは逃れられない。距離が離れることによって、その人の記憶も薄れれば良いのに。いくら忘れようとしても、どれだけ消そうとしても、思いは色濃く記憶に刻み込まれているため、ふとしたときにいきなりそれは現れる。

同室の小津は人の身体に触れる癖がある。何の躊躇《ちゅうちょ》もなく手をつなぐし、矢咲が耳の裏に塗ったサムサラの匂いに、良い匂い、と言いながら鼻を寄せる。その細い指、滑らかな熱に目を瞑《つむ》り、さくらを思い出さないようにすればするほど、胸の奥がじくじくと爛《ただ》れた。さくら。その指を摑《つか》んで引き寄せたいけれども、小津はさくらではない。外見も内面も、全然似ていない別人だ。

滝壺《たきつぼ》の修行僧のようにひたすら頭からお湯を浴びつづけ、汗ばむくらいに温まってから矢咲はシャワーを止めた。湯冷めしないようさっさと身体を拭《ふ》き、柔軟剤の匂いの残るシャツを着る。シャワーを浴びたおかげで、ますますすっきりと目が冴《さ》えていた。扉を開けると静けさの耳鳴りが痛いほどで、きっとこの塔で今起きているのは自分だけだろうと思う。

部屋に戻る気にもなれず、矢咲は螺旋階段を上った。

あの白い月はまだ出ているだろうか。喫煙所へ入り、窓から外を見ると、月はさっきよりも低く下がってきていた。あと数時間すれば東の空が白むだろう。矢咲は焼け焦げの穴だらけのソファに腰を沈め、煙草に火を点けた。


水に響くようなひたひたと静かな足音が聞こえ、ぼんやりとした夢うつつから現実に引き戻される。こんな時間まで自分のほかに起きている子がいたのか。つかの間のうたた寝でまた汗をかいていた。動悸《どうき》を静めるため、手のひらで胸を押さえる。月明かりに薄く照らされる喫煙所に、その足音は近付いてきていた。

ふいに入り口が明るくなり、矢咲は目を細める。足音の主はランタンを持っていた。

「あら、私のほかにも起きてる人がいたの。月が綺麗だもんね」

来訪者は大して驚いた風でもなくそう言い、ひたひたと近付いてきた。床にランタンを置き、窓際の椅子に腰掛け、月を見上げる。白く浮かび上がるその横顔を見て、矢咲は息を飲んだ。まっすぐに切り揃《そろ》えられた前髪、その横に流れ落ちるような長い黒髪。中に守られているその陶器の人形のような顔は。

さくら。

夢の中と同じく、声は出なかった。手を伸ばそうにも、金縛りにあったように身体が動かない。それでも瞳《ひとみ》だけは動き、さくらを映した。綿素材の白いパフスリーブのベビードールに同じ生地のドロワーズという、随分と機能的でなさそうな寝間着を着た来訪者は、しばらくして矢咲の視線に気付き、少し驚いた顔をして、口を開いた。

「マフィンの人」

「は？」

「あなた、随分前に都岡からマフィンふたつ奪った人でしょう」

舌足らずな甘い声が、呪文のように金縛りを解く。矢咲は大きく息をつき、尋ねた。

「マフィン？」

「バナナのマフィン」

そう言えば、そんなことがあった気がする。かなり腹が減っていたのに加え、それはものすごく良い匂いを放っていた。

「ああ、あれ、美味しかった」

「美味しいレシピで作ってるんだから、美味しいのは当たり前だよ」

会話は途切れる。最初から会話をする気などなかったが、矢咲は思い切って尋ねてみた。

「あなた、黒川さんて苗字《みようじ》じゃない？」

「ううん、三島」

来訪者は、日本人であれば誰でも聞いたことのある財閥の名前を答えた。特に珍しい苗字でもないけれど、この学校に在籍しているということは、確実に彼女には三島一族の血が流れている。意外な返答に矢咲が詰まっていると、「黒川って、黒川物産の？」と三島が尋ね返した。矢咲は頷《うなず》く。

「あそこのお嬢さん確か私と同じ年だけど、高校卒業の頃すぐ使われたよね。私、似てる？」

使われたよね。その言葉の途方もない汚らしさに、矢咲は耳を塞《ふさ》ぎたくなる。何か罵るような言葉を口に出してしまいそうなのを堪《こら》えるため、矢咲は三本目の煙草に火を点けた。三島はその動作をじっと見詰めていたが、やがて飽きたように目を逸《そ》らすと、椅子から立ち上がり、部屋を出て行った。三島の座っていた辺りには、甘い桃の匂いだけが残った。


母親から荷物が届いた。段ボール箱いっぱいの秋冬服。これから夏になるというのに、いつものことながらこの季節感のなさはなんだろう。小津はふたつの段ボール箱を開けて溜息をつく。真冬にはサンドレスだとかキャミソールだとか、見るからに寒そうな夏服が送られてくる。

ファンヨーのショーでは毎シーズン、使用した服をモデルやスタッフにあげてしまう。それでも人気のない服は残る。そういう服が小津のところに送られてくる。服くらいここでも買えるのに。小津は「checked」の印のついた箱を漁《あさ》り、バッグを探した。フューシャピンクのシャンタン素材にスパンコールの刺繍《ししゅう》が激しいトートバッグと、紫色の蝶《ちょう》の形をしたリュック、そして麦の収穫袋みたいのが出てきた。全てのバッグには型崩れを起こさないよう詰め物がしてあるが、詰め物にしては重い。小津はパラフィン紙の詰め物をバリバリと破き、中から「モノ」を取り出した。

なんだか麻薬の取引みたい。十二冊のNewsweekを見て小津は一人で笑う。本当はAERAが欲しかった。しかしそれをアメリカから送れと言っても無理だろう。日本に戻ってきたときにでも送ってもらおう。小津はNewsweek十二冊をベッドの下に滑り込ませた。タイミングよく、扉が開く。

「すごいねその山」

矢咲は床に積まれた段ボールふたつ分の小山を見て呆《あき》れた声を出した。

「欲しいのあったらあげる。全部モデルサイズだから矢咲でも着れるよ」

「それじゃ小津には大きいんじゃないの？」

「うん。丈は自分で詰めるの」

矢咲は荷物をベッドの上に放ると、小津の隣にしゃがみ、服を手にとって一枚一枚見始めた。ショーの残りなので、ブランドタグも値札も勿論《もちろん》ついていない。そして、デザインが一シーズン先であるため、今現在でそのデザインはありえない。「あげる」と言っておきながら、かなり胡散臭《うさんくさ》かったことに気付いた。

それでも矢咲はあまり気にしていなさそうで、先日カードをあげたときと同じく、適当にシンプルなものを選び出して、「これをもらうね」と言った。

「でも、本当に良いの？」

「うん。着てみてよ、矢咲ならきっと私より似合うし」

矢咲が選んだのは、ベージュに黒の三升格子《みますごうし》が入ったシルクのシャツと、焦げ茶に大きな釦《ボタン》がランダムに散った丈の短い半そでボレロと、ミリタリー風なのにトーションレースの施されたジャケットだった。一見、コーディネートできない感じだったけれど、矢咲がジーンズの上にそれを重ねて身に纏《まと》うと、初めからそういう組み合わせをするために誂《あつら》えられたように見えた。ショーの余りものでここまできちんと着こなせるなんて、すごい。

嬉しくなって、小津は違う服も着てみてとせがんだ。流石《さすが》にフリルやレースが多用された、オートクチュールのショーで使用されたと思われるドレスなどは拒否されたが、ある程度のものは着てくれた。一見性別不明の矢咲に、それらの服はどれも似合っていた。

「冬頃には春夏ものがまた送られてくるから、着て見せて」

「良いけど、これじゃすぐクローゼットいっぱいになっちゃうね」

「うん。もう入らないから、しばらくは段ボール保管になる」

「フリマでも開けば？」

「この学校で、そんなことしても誰も買わないよ。そもそも誰も現金持ってないし」

そりゃそうだね、と言って矢咲は笑った。

今日はガッツリ食べたいと言って矢咲は食堂に下りていったが、小津は特に食欲もなく、また名店の帆立グラタンを解凍した。結構美味しい。

ベッドの下から雑誌の束を出し、古いほうから手にとって開いていった。三ヶ月弱の隔離の間に、世界はきちんと動いていた。小津は文字を追いかけて海の向こうにある世界を思う。内戦、無差別殺人、企業犯罪。

小さな国の小さな世界で、小津を含むここに住む女の子たちは、この学校へ捨てられた。女一人で、ある程度まで自分を育ててくれた母親を恨む気持ちなどないけれど、日本人である小津の存在は、母親にとっては不都合なのだ。日本国籍が欲しいために日本人と籍を入れ、日本人の子供を産み、日本人よりもアメリカ人のほうが有利であることに気付いたら夫と別居し、モデルとしての価値だけで娘を利用した母親。一緒に仕事ができたときは嬉しかったが、役割が終われば結局、単身で帰国した父のいる日本に戻された。

お母さん。あなたにとって私はなんなんですか。

何度も問いかけようとして止《や》めた。自分が何者かも判らないのに、自分以外の人にそれを問うても答えは得られない。

もう三ヶ月に届くほどの期間、矢咲と暮らしているが、彼女の素性も小津はまだ知らなかった。矢咲も小津が何者なのかは知らない。昼間にあげた服に「Fang Yo」のブランドタグが付いていれば、なんとなく判っただろうが、特に興味もなさそうだった。

内戦で四十人が死んだ記事を読みながら、小津は再び思う。

いっそ世界中の人が、同じ目の色、肌の色、髪の色を持ち、国も国籍もなく、全てが海でつながっているだけの「隣の町」になってしまえば、そして名前など全てアルファベットと数字の管理番号になってしまえば、人間の括《くく》りなんてなくなるのに。

浅葱の鳥

夏は結構涼しい、と聞いていたけれど、岬の学校の七月上旬は涼しいと言うよりも肌寒かった。薄い羽織りものは必須《ひっす》である。都岡は寮を出ると、三島と色違いのカーディガンの前を合わせ、白蝶貝《しろちょうがい》の釦《ボタン》をかけた。三島は薄紅色で、都岡は浅葱色《あさぎいろ》。

広大な、それこそどこからどこまでが学校なのか判《わか》らないような敷地だが、建物が低く少ないので迷子になるようなことはなかった。それに、敷地内には定期的に無人の循環バスが通っている。運転手なしでどうやって走っているのか、最初は驚いたがもう慣れた。この学校に籍を置いている女子は結構な人数がいるはずなのに、そのバスはいつもガラガラで、幻のように透き通った少女たちが一人二人乗っているだけだ。

寮の前でバスを待っていると、髪の毛を肩の上で切り揃《そろ》えた、オリエンタルな顔立ちの女の子が一人、都岡のあとから寮の扉を出てきて、都岡の横に並んだ。甘いロスマンズの煙草《タバコ》の香りがする。アレックスの吸っている煙草と同じだ。煙草の匂《にお》いと共になんとなくデジャビュを感じた。

無言のまま都岡が風の音を聞いていると、髪の短い女の子が、髪の毛が綺麗《きれい》だね、と話し掛けてきた。意外に思って都岡はその声の主を見遣《みや》る。普通に生活してきた、何の翳《かげ》りもなく笑える少女たちには耐えられないであろうほど人との関りが希薄なこの学校内で、三島以外の女の子に声をかけられたのは、あのバナナマフィン泥棒以来二人目だった。

「……ありがとう」

「シャンプー何使ってるの？」

「ハーバルモイスチュアの桃」

うっかりと答えてしまってから、彼女の質問が流暢《りゅうちょう》な英語だったことに気付いた。都岡の返答も英語だった。この外見で、あの父親で、日本語で喋《しゃべ》らないことはどうしても不利にしかならないと判っているのに、英語は絶対に使うまいと心に決めていたのに。

「私同じのでアロエ使ってるんだけど、桃のほうが良いのかな」

都岡が返答に困っていたら、バスが来た。相変わらずほとんど人が乗っていない。

都岡が乗り込んで、一番後ろの席に座ると、その女の子は都岡の隣までわざわざ来て腰をおろす。

「……何か御用？」

「別に」

女の子は澄ました顔でそう言うと、麦の収穫袋みたいなバッグの中から、おもむろに二週前のNewsweekを取り出して横で広げた。都岡は無意識に、あっ、と声をあげる。

「なに？」

「どうやって手に入れたの」

「母に送ってもらったの」

「私は父の秘書に送ってもらって事務局で没収された」

「事務局が確認するのもイヤになるくらいカオスな荷物で送ってきたから」

「どんな？」

「白人モデルの汗と香水にまみれた服百着」

想像するだけで息が詰まりそうだった。服百着。そう言われてみると髪の短い女の子は変わった服装をしていた。ゆるく包帯を巻きつけたようなワンピースに、ピンで留める金色のボレロ。エジプトのミイラか、ホーンテッドマンションのゴーストみたいだ。こんな服ダウンタウンでは見たことない。都岡の視線に気付いたのか、女の子は「変な服でしょ」と言って笑った。

「欲しかったらあげる」

「あなたにしか似合わなさそうだからいらない」

何が可笑《おか》しいのか、女の子は都岡の答えを聞いてますます笑った。


舶来のお人形みたいな女の子は都岡と名乗った。なので小津も苗字《みようじ》だけを名乗った。たぶん雑誌を見せてほしいのだろうな、と思いつつも彼女が、見せて、と言わないので小津はそのままパラパラとページを捲《めく》り、ダウンタウンでバスを降りるときになってやっと、もし良ければ私にも見せて、と言われて少しだけほっとした。小津は何も悪くないはずなのに、やけにせせこましい罪悪感が胸の中に広がっていた。

煙草と西瓜《すいか》の種を買いに来ただけなので、なりゆきで小津は都岡を待つことになった。桃のジュレアラモード始めました、と黒板の出ているカフェの窓際で、向かいのファーマシーから都岡が出てくるのを待つ。白一色で統一された店内では、陽炎《かげろう》みたいに気配のない女の子たちがフォークを口に運びながら、静かに、楽しそうに、密《ひそ》やかに笑っている。海から聞こえる漣《さざなみ》のようなその軽やかな声は何の意味も持たない。

二本目の煙草を灰皿代わりの貝に押し付けたら、カランと扉が鳴って都岡が入ってきた。結構な大荷物で、紙袋からバナナオートミールの箱がはみ出している。椅子《いす》の上にドサリと音を立てて荷物を降ろすと、それが倒れないよう慎重に、隣の椅子に腰掛けた。外は風が強いらしく、薄い色の髪の毛が乱れていた。

「あとで半分持とうか？」

「ううん、大丈夫、ありがとう」

それよりも、といった表情で都岡は控えめに手を差し出した。小津は鞄《かばん》の中から最新号を出して渡してあげる。人形のような無表情に、ぱっと朱が差して可愛らしかった。

都岡の目は熱心に、東ヨーロッパの内紛についての記事を追っていた。今の小津たちから一番かけ離れた話題だけれど、形は違えど、自分だって誰かと争っているのかもしれない。

三本目の煙草を取り出して火を点《つ》けようとしていると、ふと顔を上げた都岡がじっとその指先を見つめた。

「ううん、うちの父の秘書が同じ煙草を吸っていたから、懐かしくて」

「お父さんは？」

「吸わない。煙草を吸うのはエグゼクティブとして負けなんだって」

「そう言われると喫煙者の秘書が可哀相《かわいそう》だね」

「秘書は良いの。ＷＡＳＰじゃないから」

よく判らないけど、きっと都岡の考えとしてはどこから見ても東洋人の自分が煙草を吸うのも問題ないのだろうと判断し、火を点けた。再び目の前で雑誌に目を落とす都岡を見る。日本人離れした、バラの搾り汁を浮かべたミルクみたいな肌は、以前螺《ら》旋階段《せんかいだん》で見たことのある、西洋の血が混じっていると思われた女の子に間違いない。一緒にいたストレートの黒髪の女の子も小動物みたいな感じで可愛らしかったが、都岡は無機質で良い。小津は無機質なものが好きだ。モデルの仕事も、自分がマネキンになっているような気持ちになれて楽しかった。

温かいココアが運ばれてきて、再び都岡は目を上げて眉間《みけん》を指先で揉《も》んだ。

「字をこんなに見たの久しぶりで、頭が痛くなっちゃった」

そう言って痛そうに顔を顰《しか》めながらココアを啜《すす》る。

「煙嫌い？」

「いつもは何を読んでるの？」

「ファッション雑誌ばっかり。ここじゃキルケゴールすら手に入らない」

死に至る病にすらかかることができない。

もはや無気力な声はココアを飲み込む音と共に消える。私たちが叩《たた》き込まれたのは、地上の牢獄《ろうごく》。雲の上の、ラプンツェルの塔。携帯電話の電波は、ダウンタウンに入る遥《はる》か前から遮断される。海から来た場合も、船に乗ったと同時に外とはつながらなくなる。唯一外とのつながりを持つ部屋の電話は、いつも漣の音が絶えず、事務局に全て傍受されていると思われる。

「とりあえずNewsweekなら二十冊くらいあるから、いつでも私の部屋に来て良いよ。四階の七番目の部屋」

「同室の人は？」

「だいたい部屋にいない」

ここのところ、ますます喫煙所に入りびたりで、食事のときくらいしか言葉を交わしていない。都岡は一瞬嬉《うれ》しそうな顔を見せたけれど、すぐにまた無表情に戻って言った。

「行きたいけど、三島がいるからムリ」

「同室の子?」

「私は三島の奴隷なの」

穏やかではない言葉を吐いたあと、はっと都岡は腕時計を見ると、表情を凍らせた。

「……帰らなきゃ」

ありがとう、お金がないから今度マフィンを焼いて持っていくね。

そう言って都岡はまだ湯気を立てているココアと小津を残して、店を出ていった。

一人窓際に残された小津は、都岡の背中がバス停のほうへ消えてゆくのを見送った。

煙が視界を曇らせる。

あの子が三島という女の子の奴隷だと言うのなら、三島という子は誰の奴隷なのだろう。


六階までの階段を上り、部屋のドアノブを回す。三島はベッドの上でヘッドフォンステレオを聞きながら寝息を立てていた。都岡はほっと胸を撫《な》で下ろす。どこにも行かないと言っているのに、眠りから覚めたとき、都岡が目の届くところにいないと、三島は不機嫌になることが多かった。以前はそんなことなかったのに、つい十日ほど前から顕著である。何かあったのかと問うても首を横に振るばかりだから、それ以上踏み込むことはできない。

まだ半年も経っていないというのに、今では果てしもなく遠い過去になってしまったけれど、この世界に都岡と三島以外の者がいたとき、都岡は三島以外の者と口をきくことは許されていなかった。二人が出会った頃からそういう世界が続いていたため、あるときまではちっとも不思議に思わなかった。

三島は、三島翁の四番目の愛人の娘である。四番目の愛人が現在どこにいるのかおそらく誰も知らないし、三島翁の愛人が一体何十人いるのかも誰も知らない。けれど三島は早々に三島翁に認知され、本妻の子供たちに次いで良い待遇を受けて育っていた。出会った頃から都岡は意味も判らず、それがあたかも自然のことのように三島と一緒にいた。

美しい娘は財産だからね。

大人たちのパーティーで、大人の男たちは手を取り合う都岡と三島をじろじろと見て、笑っていた。その笑顔がようやく、好意的なものではないということに気付き始めた高校一年の夏、軽井沢。

三島がひとり翁に呼ばれ、その膝《ひざ》の上できゃっきゃっとはしゃいでいるとき、都岡は手持ち無沙汰《ぶさた》にグラスを持って屋敷のバルコニーへ出た。東京は蒸し暑かったけれど軽井沢は空気が乾いていて涼しい。人酔いを覚まそうとガラス戸を押したら、そこには見知った女の子の顔がふたつ。でも都岡はその顔の持ち主の名前を知らない。憶える必要がまるでなかったからだ。

「都岡さん」

親しげに、女の子の一人は話し掛けてきた。曖昧《あいまい》に都岡は微笑《ほほえ》み、グラスの縁を弄《いじ》る。

「お父様やお母様は一緒じゃないの？」

罪のない笑顔が途端に違うものに変わる。

「二人とも日本にはいないから……」

小さな声で都岡は答えた。二人は顔を見合わせてクスクスと笑う。そしてそれ以上は都岡に話し掛けてこない。突っ立ってその二人を見つめている都岡を横目に、二人は笑いながらバルコニーから中へと戻ってゆき、一人残された都岡はグラスのピンクシャンパンを飲み干した。夜風に指先が震える。夜風のためなのかどうかは判らないけれど、夜風のせいにするしかなかった。

しばらくしてから、三島が都岡を探してそのバルコニーの扉を開けた。

「探したんだから。勝手にどこかに行かないでよ」

眉《まゆ》を吊《つ》り上げて都岡を睨《にら》み付ける見慣れた三島の顔に安堵《あんど》して、都岡は泣いた。

物心つかぬうちから、都岡に母親はいなかった。母親は漆間《うるま》一族のお嬢様である、という話を父親から聞いたことはあるが、当時は都岡百合子《ゆりこ》の存在は漆間一族に知られていなかった（父がユリコと発音できないため、通称はリリコである）。

母親がいない代わりに、父の傍《そば》には必ず東洋人の若い男の秘書がいた。中学校に上がったと同時に父は、実質的な世話を三島翁に任せ、ハウスキーパーを付けただけで娘を一人で帰国させた。父には仕事があるので、捨てられたのだとは思わなかった。日本では立ちゆかない、何か仕事上の事情があるのだろうと思っていた。

机の抽斗《ひきだし》には手紙の束。父からの手紙。秘書が代わるたびに筆跡が変わる。アレックスの筆跡で手紙が来るようになって二年半が経っていた。そして一ヶ月後、日本が暑い盛りアレックスは父の用事で日本にやってくるそうだ。ついでに学校にも寄ると言う。学校内は何があっても男性の立ち入りは禁じているので、ダウンタウンにあるゲストハウスで会うことになるだろう。宿泊施設も兼ねたゲストハウスは、外部からの来訪者しか受け付けず、学校の生徒は泊まることができない。ただし、既に公に学校に届けてある婚約者が来訪者だったときのみ、生徒はゲストハウスに泊まることができる。ダウンタウンの中心に位置しているので、買い物に行った際、時おりその来訪者を見ることができた。きっとどこかのパーティーで顔を合わせているのだろうけど、憶える必要がなかったので憶えていない。

生きているうち、あと何回父に会うことがあるのだろう。そして、生きているうちに母の顔をこの目で見ることがあるのだろうか。この地上の、海上の、果てしなく空に近い牢獄で、あとどれくらい、疼痛《とうつう》を伴う魂の壊死《えし》を経験しなければならないのだろう。都岡は窓辺で外を見る。自分が生まれた意味は判らないのに、自分がこの世に生きていなければいけない理由だけが明確すぎて、時おりこの窓ガラスを割って飛び降りたくなる。

鳥のように、あのくすんだ浅葱色の海を越えてゆけたら。

このところ毎晩、小津が寝静まったあとに矢咲が部屋を出てゆく。小津は寝つきが良いほうではないので、少し物音がすると意識が覚醒《かくせい》する。息をひそめ、寝たふりをして、小さく扉の軋《きし》む音と幽《かす》かな足音を聞く。普段の様子はおかしくないし、一緒にいる時間が減ろうと増えようと、矢咲と小津の関り合いの密度は変わらない。

矢咲が部屋に戻ってくるのは朝日が昇り始める頃で、いつも相当煙草くさくなっていた。寝不足が祟《たた》って日増しに痩《や》せているような気がする。それでも矢咲は小津より早く起きて、明るく屈託のない笑顔で小津に、おはようと声をかける。連れ立って朝食を摂《と》りに食堂へ下りる。

他人の気持ちを慮《おもんぱか》る、という行為がなんの利益も生まないと気付いてから、そういった行動を起こすことは一切止《や》めてきたが、目の下に青黒いクマをこさえる矢咲を見て、なにか自分は彼女に対して傍にいたくなくなるようなことをしてしまっただろうか、とここ一月ばかりを思い返した。しかし嫌な思いをさせるほど深く彼女の内側に踏み込んでもいないし、自分も矢咲に踏み込まれてはいない。

そういう日が何日か続いたあと、夜中に来訪者があった。扉をあけると、紺色のシンプルなパジャマを着た都岡が立っていた。白い顔が薄暗い廊下に浮き上がる。

「どうしたの、こんな夜中に」

「ごめんなさい、迷惑だった？」

「いや、私も眠れなくて起きていたけど」

小津は都岡を部屋に招き入れ、部屋中央の座卓とクッションを勧めた。都岡はものめずらしそうに部屋の中を見回して言った。

「同じ作りなのに、随分感じが違う」

部屋は小津と矢咲の趣味で、アジア風に整えられている。小津としてはとても居心地が良いが、確かに女の子の部屋としては少しそっけない感じがするかもしれない。住人が小津と矢咲なので、それは致し方ないとは思うけれど。

「あなたの部屋は？」

「少なくとも床には座らない」

小津がその返答に笑うと、都岡もつられたように笑った。

コーヒーは飲めないと言うので、カモマイルティーを淹《い》れる。湯気の立つ白いカップを手渡したら都岡は躊躇《ちゅうちょ》なく口につけて、冷ましもせずに一口飲み込んだ。この子も猫舌じゃないのか。意外と世の中の猫舌人口は少ないのかもしれない。

「美味《おい》しい」

「そう？」

小津は自分のためにコーヒーを淹れ、都岡の向かいに座って、その顔を見た。都岡はしばらく無言でカモマイルティーを啜っていたが、やがてカップを座卓に置くと、深い溜息《ためいき》をついた。温まったらしく、白かった頰《ほお》が仄《ほの》かにピンク色になっている。

「同居人は大丈夫なの？」

小津は空になったカップに二杯目のお茶を注《つ》いでやりながら尋ねる。

「たぶん、あなたと同室の人と一緒にいると思う」

甚だしく想定していなかった返答に、小津はあやうくカップを落としそうになった。

「……なんで？」

「あれでしょ。あなたの同室、背が高くて髪の毛がやたら短い人でしょ？」

「うん。あなたの同室、髪の長い小さいお人形みたいな子だよね？」

「うん」

「どこに接点があるの？」

「それを言ったら私とあなただってどこに接点があるの？」

都岡の返答に小津はしばらく考え、「外界の出来事に飢えていること」と答えた。

なるほど、と都岡は唸《うな》る。

「私が読み終わった号なら持ってって良いよ。US版だけど問題ないでしょう」

ベッドの下から雑誌の束を引っ張り出して小津が言うと、ありがとう、と都岡は硬い笑顔を見せた。

「知りたいのは国内のことなんだけどね」

「あー、それは残念ながらUS版じゃムリだね」

「あなた、今の日本の総理大臣が誰だか判る？」

唐突な質問に一瞬詰まって、小津は思い返す。三ヶ月前はまだ、穂積《ほづみ》という右よりの男だった。特ア問題で支持率ががたがたと低下していたはずなので、任期を終える前に降ろされているかもしれない。

「横綱は？　誰だか判る？」

それは判らない。首を横に振ると、私も判らないから不安になるの、と都岡は言った。そして部屋の隅に目をやり、不恰好《ぶかっこう》に重ねて置いてある段ボール箱を指して、あれは何と尋ねる。

「こないだ話したカオスな荷物」

「お洋服？」

小津は立ち上がりながら頷《うなず》き、上に乗っている箱を下ろし、蓋《ふた》を開けた。覗《のぞ》き込んだ都岡はあっけに取られた顔で小津を見る。

「何これ。全部服？　これに入ってたら確かに検品する気も失《う》せるかもね」

「欲しいのあったらあげる、って言いたいけど、あなたにはサイズが大きすぎるね」

都岡は頷きつつも、箱の中身を物色し始めた。そして、ひとつの鞄を取り出し、尋ねた。

「あなた、もしかしてファンヨーの娘？」

手に持った鞄の表面には型押しのブランドロゴが中央に入っていた。

「……リルファンでしょう。どこかで見たことがあると思った」

都岡はまっすぐに小津を見て、再び尋ねる。懐かしい呼び名を耳にして、小津は頷くことも否定することもできず、じっと都岡が手に持った鞄のロゴを見た。


バス停でのデジャビュはロスマンズの香りのせいだけではなかった。

部屋に戻っても三島はいない。一人ベッドの中に潜り込みながら都岡は小津の顔を思い出す。偶像だったものが手に触れる近さにいた。手を触れても消えなかったけれど、ただの生身の人間だった。それが寂しい。

リルファンは米TEEN誌初の専属モンゴロイドモデルだった。女の子たちは事実上十代になる遥か前からTEENを読み始める。そして専属モデルにあれこれ難癖つけるのだ。リルファンが最初にTEENに登場したのは、ファンヨーのジュニアラインの広告だった。滑らかなアイボリーの肌に、切れ上がった奥二重、黒い絹糸みたいなつやつやした髪の毛をした、人体模型みたいに無駄のない身体《からだ》を晒《さら》すリルファンは、白人にとって異次元すぎて難癖のつけようがなかった。

十三歳で日本に帰国するまで、都岡はTEEN誌を買いつづけた。本来TEENなんて十歳になれば卒業で、十三歳にもなればSEVENTEENなりELLEなり、大人ぶった雑誌を買うようになるのに、都岡はリルファンの写真を見るためだけにTEEN誌を買いつづけた。メディアに出てこないリルファンの代わりに、ファンヨー自身が、リルファンは自分の娘であることを明かし、名前の由来は「little Fang」であり、年齢は都岡と同じであることを、大人向けの雑誌のインタビュー記事で答えていた。リルファンのどこにそんなに憧《あこが》れていたのか、今となっては思い出せなかったが、日本人と米国人の血の混じる、中途半端な存在の自分が、東洋人以外の何者にも見えないリルファンに憧れていたのは憶えている。そしてファンヨーも美しい東洋人だった。都岡的には、伝説の東洋人オノヨーコよりも遥かに綺麗だと思っていた。大人向けの雑誌のファッションスナップには、必ずリルファンと一緒に収まっていた。都岡には、父親と一緒に映っている写真などない。

日本に来てから、日本の事務所のセクレタリーに連れられて、すぐに三島敦子に引き合わされた。これからはこの娘と仲良くするようにと。年齢よりも小さく見える三島は、すぐに都岡に懐いた。学校の制服がお揃いであると喜び、鞄につけるキーホルダーも色違いのお揃いにし、いつも、どこに行くにも一緒だった。しだいにリルファンの存在を忘れていった。三島にとっては都岡だけが三島の世界の全てだったし、都岡にとっても三島だけが都岡の世界の全てだった。

崩さないようにしなければ、と都岡は思う。

三島はこの先ずっと、都岡と一緒にいることを望んでいる。それは果てしないように見えて、案外あっけなく崩れるものだと都岡は判っている。三島が都岡に飽きれば、この世界は終わる。都岡から三島に飽きることは許されない。単にお金が絡んでいるからという問題ではなく、世の中はそういうふうにできている。

今日初めて、都岡の世界に三島以外の者を入れた。向こうが勝手に入り込んできたわけじゃない。都岡が自ら受け入れた。入ってきてほしいと思って、三島がいなくなるのを見計らって自らも部屋を出て、迷惑がられることを覚悟で扉を叩いた。それがリルファンだったのはあくまでも偶然だ。

この気持ちのほころびを、いつまで隠し通せるだろう。

食堂と同じフロアには、音楽室がある。壁は一面ガラス張りで、でも海は見えない位置だった。扉はいつも開きっぱなしになっている。日の光に焼けてしまった、毛足の長いモスグリーンの絨毯《じゅうたん》が古めかしい感じで、ハモンドオルガン、グランドピアノ、チェロなど持ち運べない高価な楽器が放置してあるにも拘《かかわ》らず、誰もそこで何かを演奏しようとしない。おそらく演奏しても何も問題はないだろうけど、最初の一人になるというのはいつでも難しい。

女の子としてのたしなみだから、と言いつけられて矢咲は幼稚園の頃から十年以上ピアノを習わされていた。中学を卒業したと同時に、流石《さすが》に才能がないと気付いたのか親は矢咲に無理な要求をしてこなくなったが、矢咲としては結構ピアノが好きだったので、止《や》めさせせられるのは寂しかったりもした。

がらんとした音楽室に佇《たたず》むグランドピアノは、マホガニーと思われる渋い木目のもので、遠目にもとても美しかった。食堂から帰ってくるとき矢咲は、いつも意を決してそこに足を踏み入れたいと思う。でも、小津と連れ立って四階に戻る最中にそういう衝動は忘れる。

しかし小津のある種の敏感さは呆《あき》れるほどで（他のところでは鈍感なくせに）、ある日横殴りの大雨の降っている午後、いつもならダウンタウンに出かけている曜日だが、大雨のせいで外に出られない小津は窓辺でコーヒーを淹《い》れながら言った。

「今日なら雨の音でピアノの音聞こえないと思うよ」

「え？」

ベッドの上で雑誌を捲《めく》りながらぼーっとしていた矢咲は、聞き間違いかと思い、尋ね返す。

「あ、ピアノじゃないの？　オルガン？　いつも弾きたがってそうだったから」

何でもないことのように小津は言い、マグカップをひとつ矢咲によこす。

「……弾きたがってたけど」

「弾いてくれれば？」

小津の集めている空の写真のコラージュが、遂《つい》に小津側の壁を埋め尽くし、天井にまで侵出し始めているので、横殴りの雨が降っていようと、この部屋だけはいつも晴れているように感じるが、確かに小津の声も聞き取り辛《づら》いくらい雨が酷かった。

しばらく迷ってから、矢咲は一人で部屋を出た。小津がついてくるなら止めることはしなかったろうが、ついてこなかった。

幸いグランドフロアには誰もおらず、矢咲は一人音楽室の中に滑り込む。

誰も弾いていないように見えた美しい木目のピアノは、誰かの手によってぴかぴかに手入れされ、矢咲が蓋《ふた》を開けて躊躇《ためら》いがちにＥｍを押さえると、少しも調律の狂っていない和音を奏でた。埃《ほこり》っぽいことを覚悟してタオルを持ってきたのに、必要なかった。

矢咲はびろうどの回転椅子《かいてんいす》に腰掛け、再びＥｍを押さえる。そしてうろ覚えのサティのフレーズを右手だけポロポロと弾いた。高校に入学してから、時々音楽室で弾いてはいたものの、だいぶ指が鈍《なま》っていた。左手も同時に弾き始めると、すぐに音を間違える。楽譜を持ってきていないことを少しだけ後悔した。

うろ覚えのまま、再び鍵盤《けんばん》に指を置く。「ピアノで弾けるホルストの惑星」という楽譜を持っていた。思い出しながら「木星」のメロディを弾いていると、ガタンと背後で音がした。小津がコーヒーでも持ってきてくれたのかと思って、指を止めて後ろを振り返ったら、ものすごい派手な音がした。三島が並んでいた譜面台をドミノのように倒して、起こそうとしているところだった。

「大丈夫？」

矢咲は椅子から立ち上がって、助けにゆく。

「別に大丈夫だから、続けて。私は『火星』のほうが好き。あれってスターウォーズみたいでカッコ良くない？」

大雑把に譜面台を立て直しながら三島は答える。その手には、楽譜が握られていた。

「ピアノ、弾きに来たんじゃないの？」

「うん、弾きに来たんだけど、私はヘタクソだから」

「私もヘタクソだよ」

「それは私が聴いてから決める」

壁際に立てかけてあった折りたたみ椅子を引きずってきて、三島はピアノの傍らに座り、矢咲に演奏するよう促した。

ねえ、早く。

三島にはピアノの楽器自体の良し悪《あ》しはまるで判《わか》らないけれど、弾く人によって同じ楽器が違う音を出すのだなぁ、と矢咲の演奏を聴きながら思った。ここのピアノの手入れは、都岡がしている。都岡がピアノを弾きに来るときに三島はついてきて、都岡の滑らかな生き物のような指が奏でるどこか寂しげな旋律に耳を傾け、目を瞑《つむ》る。

そして今は矢咲の骨っぽい白い指が奏でるメロディに耳を傾ける。意外なことにピアノは、都岡が奏でるものよりも柔かで繊細な音を出した。

「火星」は難しくて弾けないからと、矢咲はサティの曲を弾いている。都岡のレパートリーにはない。だいたいあの子はショパンかドビュッシーかチャイコフスキーしか弾かない。

やがて雨の音に混じって、ピアノの演奏は消え入るように止まる。ぱちぱちと三島は手を打って賞賛する。

「ちっともヘタクソじゃないよ、私よりぜんぜん上手《うま》いよ」

「そう?」

照れくさそうに笑う矢咲の顔は、随分血色が良かった。いつもは深夜の最上階の部屋、暗い窓際でしか顔を見ていないから、それに較べればこんな暗い雨の日でも随分表情は明るく見える。三島はその顔をまじまじと見つめた。

この世界には都岡しかいなかったはずなのに、今目の前にいて、自分と親しげに話をしているのは、別の人間だ。都岡とは似ても似つかない。そしてこの人間といたら、もしかして自分の身に危険が及ぶかもしれないのに、何をしているのだろうか、と三島は自分の気持ちを不思議に思った。

矢咲実という名は知らなかったけれども、黒川さくらの名前は知っていた。というか黒川さくらの名を知らぬ上流階級者はいないだろう。上流階級というのはどこかで必ず誰かがつながっている。ゆえに、狭い。黒川さくらは黒川物産の社長の長男の四女である（おそらく三島と同じように本妻の子ではない）。三島と同い年で、更にとても美しい娘であるという噂《うわさ》を中学の頃から聞いていた。顔を合わせたことはない。

本妻の子ではない美しい娘である三島の歩むであろう閉ざされた道と同じ道を、黒川さくらはほんの少しだけ早く進んでいた。遥《はる》か昔から、血縁を結ぶことによって「親戚《しんせき》」の関係を広げてきた人たちは、現代ではその手法で企業を手中に入れる。本妻の子でない娘は駒《こま》として使用される。それにしても高校を卒業しないうちに使われるなんて、黒川さくらの相手の男はどんなロリコンだろうと、ぞっとしたものだ。

彼女が嫁がされた先は、近頃流行《はや》りの新参のＩＴ貴族だった。階級者たちは彼らを、ＩＴ成金と呼んで洟《はな》もひっかけないが、黒川物産のビジネスとしては美味《おい》しい市場だったらしい。三島には難しいことは判らない。

事件が起きたのは、黒川さくらが成金の下に嫁ぐ少し前のことだった。

同級生との心中未遂というセンセーショナルな事件は、瞬く間に階級者たちの耳に伝わった。そして騒ぎになった。相手が男であったならまだしも、その相手は同級生、つまり女だった。三島も当時その事件の内容を聞いて、その手があったか、と胸をときめかせたものだ。

――男の子みたいな子なんですって。

――私見たことある。白人の少年みたいな感じよ。

――見てみたいけど、ちょっと恐いかも。

矢咲の噂は色々なところで聞いていた。でも名前までは公表されていなかった。

その後輿入《こしい》れの当日まで、黒川さくらは家に監禁されたという。そして相手の女の子は遠くに引き離されたという。遠くに引き離された少年のような女の子は、今、三島の目の前にいる。

初めて三島を見たとき、矢咲は三島を黒川さくらと間違えた。似ているのかという問いに、矢咲は頷《うなず》かなかったけれど、そのあと度々喫煙所に通う三島に、半分くらいは気付かずに「さくら」と呼びかける。訂正するのも面倒くさいので、そのまま三島は返事をする。

さくら。なぁに。

さくら。はい。

さくら。……。

しまいには自分が本当に黒川さくらであるような気分になってくるが、別に嫌な気持ちにはならない。

目の前でサティの別の曲を奏で始める矢咲の横顔は、なんというか、綺麗《きれい》だった。作り物みたいだった。短い髪の毛がこんなに似合う女の子は他に見たことがないし、一曲弾き終えてから「何かリクエストはある？　ただしサティかショパンで」と尋ねるその声も、女の子の声にしては随分と掠《かす》れているのに、耳に心地良い。

ここ数日ずっと、自分の行動が制御できなかった。あの月夜の晩に矢咲を初めて見て、しばらくはなんともなかったのに、徐々にまた会いたいと思い始めた。そして数日後、同じ時刻、階段を上って喫煙所まで足を運んだ。紫色っぽくくゆる煙の中に矢咲はいて、その姿を見たら怒りなのか喜びなのか判らない感情が湧《わ》き上がってきて、しばらくその場で矢咲を見ながら突っ立っていた。矢咲が気付いて、さくら、と呼びかけなければ、三島はそのまま部屋に帰っていたかもしれない。

三島は矢咲の前で、黒川さくらになったり三島敦子に戻ったりする。三島の顔に黒川さくらの思い出を重ねる矢咲を、なんとなく愛《いと》しく思うこともある。今まで都岡にしか興味のなかった自分が、そんなふうに他人を愛しく思うことができるのかと驚いたけれど、驚きと同時にきゅっと胃が縮まる気持ちもあった。

愛しいと思っても、この人の心の中で自分は三島敦子ではなく黒川さくらだから。誰かの心の中で一番必要な人になるのは、どうしてこんなにも困難なのだろうか。


一時間ばかり音楽室にいてから、部屋に戻ったら小津はいなかった。雨が弱まってきていたので、買い物にでも出たのだろう。窓際に置いてある飲みかけのマグカップのコーヒーからは、まだかすかに湯気が立ち上っていた。

雨は夕立のようなものだったらしく、コーヒーが完全に冷え切るまでには風も止んで、窓の向こうの空は淡くくすんだ黄金色に染まり、天使の梯子《はしご》を何本も降ろした。ピアノを弾いた、という充実感によって煙草《タバコ》が必要なくなっていて、矢咲はいつもより低い場所から空と海を眺める。

三島の顔を初めて、明るい場所で見た。暗いところで見たときほど、さくらに似てはいなかった。矢咲はその事実を確認して少しだけほっとする。物理的にこれほど遠く離れているというのに、幻だけでは飽き足らず実体を持ってさくらが現れたとしたら、矢咲の心と頭はおかしくなってしまうかもしれない。

どういうつもりで三島が矢咲のところを訪ねてくるのか、矢咲には判らなかった。しかし拒む理由もないので、多少の緊張を持って矢咲は三島と接している。他愛《たわい》のないことばかりを話す砂糖菓子のような子で、同じ甘いものでも甘酸っぱい毒薬みたいだったさくらとは様子が違った。そして、おそらく黒川さくらの存在を知っているならば自分の素性をも知っているであろうに、そのことを口に出さないでいてくれるのがありがたかった。

死ぬことと生きることの境界線なんて、海と空の境目みたいなもんだ。雨が降ったり夜になったりしたら、その境目は判らない。そういうところを生きていたから、矢咲もさくらも、あまり躊躇うことなくハルシオンを大量に摂取して手首を切った。忘れる手段が死ぬことだったのだから、それは当然の選択だった。でも、矢咲もさくらも、誰かの手によって生かされている。少なくとも矢咲はまだこの息の詰まるような生活で、比較的楽に息をしている。小津との生活も疲れなくて良いが、三島と過ごす時間を、矢咲はここのところ心待ちにしていた。さくら、と呼んでも答えてくれる三島は、少なくとも今の矢咲を生かす誰かの一人だった。

ぼんやりと、三島の顔とさくらの顔の違いを思い出しながら天使の梯子の揺れる様を眺めていたら、背後でガチャリと扉が開いた。

「あれ、もう弾き終わっちゃったの」

霧雨に濡《ぬ》れた小津が、ファーマシーとブックストアの紙袋を手に部屋に入ってきて、不満げに唇を尖《とが》らせる。

「だって雨止んじゃったし」

「せっかく楽譜買ってきたのにー」

手渡されたブックストアの紙袋からは、ジョージ・ウィンストンの幻の楽譜が出てきた。

「……このスコアって、海賊版防止のために世界中で回収されたやつじゃないの」

「うん、そう。でも売ってたから嬉《うれ》しくて買ってきちゃった」

濡れた髪の毛を、犬でも洗っているかのように乱暴にタオルで拭《ふ》く小津は、ファーマシーの紙袋からブルーベリーマフィンの包みを投げてよこした。

「バナナブレッドとどっちが良い？」

「こっちで良い。ありがとう」

「あ、ヤダ、どこから入ったんだろう」

バナナブレッドの包み紙を剝《む》き、窓際の冷めたマグカップを持ち上げた小津が、眉《まゆ》を顰《ひそ》める。

「どうしたの？」

「レディバード」

差し出されたマグカップの中を見ると、コーヒーの海の中に、鮮やかなナナホシテントウが一匹溺《おぼ》れていた。


その晩、テレビ部屋（五階と十階に一部屋ずつあるが、誰も使わないのでいつも空いている）で小津の買ってきたＤＶＤを観た。アンテナがないので、テレビ放送を観ることはできないが、ＤＶＤプレイヤーはある。

娘と共に旅をする流浪の民の女は、町でチョコレート屋を開きながら、町から町へと転々とする。しかしとある町で船上生活者の男に出会い（ジョニー・デップ。びっくりするくらいいい男）、過去のしがらみから解き放たれた流浪の民の女は、その町に定住することを決める。そして出会った男も、一度はその町から出て行ったものの、舞い戻ってくる。

テレビ部屋の作りは、喫煙部屋の作りとほぼ同じで、古いソファはへたっている。チョコレートを買ってきた小津本人は、途中からアームレストに凭《もた》れかかって寝始めた。チョコレートの甘そうな匂《にお》いが、画面のこちらまで漂ってくるようで、あまり甘いものが得意ではない矢咲は少し気分が悪くなった。よりにもよってこんな映画を買ってきやがって、と小津の平和そうな寝顔を見つめる。流浪の民ならば、安住など求めず死ぬまで流れ者人生を全うすれば良いのに。エンドロールのギターの音で小津は目を覚まし、「あれ、終わっちゃったの」と寝ぼけたことを言った。

「明日もう一度観よう」

そう言いながら小津は立ち上がって、デッキを止めにゆく。そして銀盤をケースに収めて尋ねた。

「どんな話だった？」

「人の心を操れる魔法のチョコレートの話」

だいぶ違うけれど、あらすじを説明するのが非常に困難な話だったため、矢咲は適当に答えた。

「すごい！　そんな魔法なら美味しいし痛くなくて良いね」

「痛い魔法ってなに？」

矢咲は不思議に思って尋ね返す。小津は再びソファに身を沈ませ、しばらく考えてから答えた。

「……カエルにされたり、百年眠らされたり、そういうの。痛そうじゃない？」

カエルにされた王子様よりも、百年の眠りについたお姫様よりも、きっとその周りにいる人の心のほうが激しく痛むだろうと矢咲は思ったけれど、口には出さずにただ、そうだね、と頷いた。テレビの電源を落とし、薄暗い階段を下って部屋に戻る。開きっぱなしの窓から、生温《なまぬる》い風が吹き込んで、白いカーテンを揺らしていた。

近頃都岡の様子がおかしい、と三島は思う。

三島自身、自分の気持ちがおかしいと思っているため、都岡に「あなたおかしいんじゃないの」と問うことができないので、フラストレーションが溜《た》まっていた。もし尋ねたら藪《やぶ》から蛇が出る。

建物の構造上、廊下に立っていれば螺旋階段《らせんかいだん》を歩く人の姿は大半を確認することができる。夜中ベッドを抜け出して矢咲に会いに行ったら、その日に限って矢咲が来ておらず、しばらく月明かりを頼りに螺旋階段から下を眺めていた。すると都岡が部屋から出てきて、階段を下り始めた。耳鳴りが五月蝿《うるさ》いほどの沈黙に、かすかな足音が混じる。お手洗いかしら、と思っていたら、その姿は二階分の階段を下り、意外な部屋へと消えていった。そこは矢咲とルームメイトの住む部屋だ。矢咲本人に部屋の番号を聞いていたので間違いない。

ほどなくして、矢咲は自身の部屋からではなく、十階から二フロア分だけ階段を上ってきて、三島の姿を見止《みと》めると、いつものように「こんばんは」と言った。

「……どこにいたの」

「テレビ部屋」

手にはふたつのDVDソフトがあった。どちらも三島が好まない恐そうなものだ。

「買ってきたの？」

「うん、同居人が。首なし騎士の話と宇宙人に乗っ取られる男の話。どっち観たい？」

「どっちも観たくない」

でもどっちもジョニー・デップだ。それには惹《ひ》かれる。

矢咲は三島の目の前で煙草に火を点ける。まだ煙草のにおいには慣れないけれど、煙を吸い込んだときに現れる矢咲の眉間《みけん》の皺《しわ》を眺めるのは好きだった。

DVDを買ったついでに寄ったファーマシーで買ってきた、と、矢咲はズボンのポケットからグミベアの包みを出した。サワーグミベアではなく、きちんと三島が好きな毒々しい色のほうだ。ちょっと前まで揃《そろ》えていなかったのに。

ありがとう、と言って受け取ると矢咲は、どういたしまして、と言って三島の頭を撫《な》でた。

グミベアも、愛撫《あいぶ》のようなその手のひらも、黒川さくらのためのもの。


黒川さくらの行方を知らない自分が惨めになり、三島は都岡が出かけている昼間、母の住むマンションに電話をかけてみた。漣《さざなみ》のような音の中でコールが四回鳴り、母親の応答する声が聞こえた。ママ、と声をかけると、母親は作りもののように華やかな声で、敦子ちゃん、と答える。

「元気なの」

「それなりに。ねえママ聞きたいことがあるんだけど」

「なあに」

「黒川物産の娘で、なんか得体の知れない人のところに行った人いるでしょ、その後どうしてるか知ってる？」

三島の質問に母親は三秒ほど間を置いてから答えた。

「ああ、あの心中騒ぎの。死んだわよ、ちょっと前に」

……やはり。

母親は久しぶりの電話ではしゃいだように色々と喋《しゃべ》ってくるが、三島の耳には、漣の遮る音もあって、あまりよく聞こえない。三島には黒川さくらの死の理由も、原因も必要なかった。揺るぐことのない事実だけを聞いて、母親が喋り終わるのを待ち、静かに電話を切った。

この事実を、矢咲は知っているだろうか。

もし知らなかったら、教えるべきだろうか。

知らなかったとして、その事実を教えてしまったあと、矢咲はどんな気持ちになるだろうか。

電話が終わる頃合を見計らったかのように、都岡が部屋に段ボールを抱えて戻ってくる。父親からの荷物だろうが、前回と同じように箱は一度開封され、その上から「checked」のスタンプが押されていた。

「三島が欲しがってた鞄《かばん》、お父さんが送ってきてくれたよ」

都岡は段ボールを床に置き、その中からラブ・モスキーノのロゴの入った箱をふたつ取り出して、そのひとつを三島に渡した。すっかり忘れていたが、ダウンタウンの代理店でお揃いで注文しようとしたら、日本の予約数が限度まで達したので入荷しないと言われたのだった。

「嬉しい、ありがとう」

不自然にならないよう、忘れていたことがばれないよう、精一杯無邪気に三島ははしゃいだ。ばりばりと箱のテープを剝《は》いで、中から鞄を取り出す。青い鞄は可愛くて作りも良かったけれど、実物を見たら、急にそれがつまらないものに思えた。今までこんなことなかったのに。向かいで都岡は自分の分の赤い鞄を取り出し、右肩にしょって見せた。そして三島の手を引いて、扉の横の全身鏡で二人の姿を確かめる。

「気に入った？」

鏡越しに都岡は尋ねる。

「当たり前。欲しかったもん」

嬉しそうに微笑《ほほえ》んで三島は都岡に抱きつく。髪の毛からは桃の匂い。笑いながらもう一度鏡を見たら、自分と目が合う。いつか都岡のことも、この鞄みたいにつまらないもののように思える日が来るのだろうか。

今まで考えたこともないことを考えたら、隣の都岡の瞳《ひとみ》に較べて自分の瞳があまりに黒くてぞっとした。

夕日の丘

約十年前の自分の写真を、まじまじと見ることなんてあまりないだろう。

一人きりの部屋の中で、小津は都岡が持ってきた雑誌を広げて、幼い自分の顔を見つめた。今とほとんど変わらないけど、写真の中の自分の顔はまだ輪郭がぼんやりとして、口元があどけなかった。ねえあなた。写真の少女に呼びかける。あなたは十年後の自分がどういうことになると思っていた?

あの日から都岡は小津のことをリルファンと呼ぶ。ひまわり、と呼ばれるよりも心が激しく拒否した。でも、判《わか》ってしまったあとに今更オヅとは呼ぶことができない、と都岡の抗議にあい、呼ばれるが儘《まま》になっている。

夜中、矢咲が部屋を抜け出していったあと、二重生活のように、都岡は小津のところへとやってくる。小津と喋《しやべ》るようになってから、水を得た魚のように、しだいにその表情は活き活きとしていった。三島という同居人との生活に、どれだけ抑圧されていたのだろうか、と思うと不憫《ふびん》になる。

とある晴れた夜、都岡は自分が焼いたマフィンを持ってきて、小津に振舞った。胡麻《ごま》とバナナが入っており、香ばしい匂《にお》いが部屋を満たす。一口食べたら、バターの風味と胡麻の香りと、バナナの溶けたしっとりとした食感が小津を大層幸せな気分にさせた。

おいしい、と伝えようとして口を開いたらぼろぼろと食べカスが落ちる。汚いなぁ、と都岡が笑う。

「秘伝レシピなの」

美味《おい》しいでしょう、と言いながら、手馴《てな》れた様子でポットからカモマイルティーを淹《い》れて、小津にマグカップを手渡した。そして、小津がベッドの上に置きっぱなしで仕舞い忘れていた、小津の写真の載っている雑誌を手にとって尋ねた。

「カメラを向けられると、どんな気持ち？」

「照明が熱い。それから扇風機で目が乾く」

「それだけ？」

「向けられてるときよりも、それが誌面に載ったときのほうが不思議な気持ちだよ」

小津は恥ずかしくなって、都岡の手から雑誌を奪いベッドの下に入れた。そして尋ね返す。

「あなたは私の話ばかり聞いていて楽しい？」

「私には話すことなんかないもん」

「でも不公平だよね。あなたは私の母親のことも私の素性も知ってるのに、私はあなたのルームメイトが三島って名前だってことしか知らない」

「知りたいの？」

「得体の知れない人よりは、知っている人のほうが仲良くなりやすいでしょう」

都岡の表情はその言葉に硬くなるが、少しの沈黙のあと、口を開いた。

「私の父はイタリア系アメリカ人で、ゲイなの」

いきなり驚きの告白に、小津はまたぼろぼろと食べカスを口の端からこぼした。ゲイの父親からどうやって娘が生まれるのだ。小津が尋ねる前に、その質問の答えは出た。

「母親は日本人だけど、人工授精で、しかも私を出産したのは代理母だったんだって。雑誌では母の顔を見たことはあるけど、実際に会ったことはない。父はアメリカで投資顧問会社をやってるけど、資本の二割がほぼ三島なの。日本に戻ってきてから私には三島しか友達がいなかったし、たぶんこれからも三島とずっと一緒にいることになる。抗《あらが》えない運命ってあるでしょ。私と三島はそれなの。お金の問題も勿論《もちろん》あるけど、……これでたぶん私のことは全て。つまらないでしょう」

つまらないでしょう、と言われても。

小津は返す言葉に困り、マフィンを口につけたまま黙った。

「……都岡、っていうのは誰の名前なの」

「代理母の名前。本名はユリコ・ロバートソン」

ロバートソンという名の付く金融系の会社を思い出そうとしても、出てこない。おそらくそれほど名の知れていない会社なのだろう。

とりあえず素性は知れた。小津は、わかった、とだけ言って残りのマフィンを口に詰め込んだ。

「このことは三島も知らないの。だからあなたのルームメイトにも言わないで」

「矢咲はあなたの存在を知らないし、私も三島を知らないよ。従って話題に出す必要がないね」

「見事な三段論法だね」

小津は笑う。都岡も笑う。

都岡を可哀相《かわいそう》だという気持ちは微塵《みじん》も湧《わ》いてこなかったけれど、ゲイの男の子種で女の子供を産んでおきながら、親権を手放す母親の精神構造は自分には理解できない。どうして自分を産んだのか、小津にはまだ母に問い掛ける手段がある。存在する意義を問うたとき、母は「日本人の子供を産みたかった」と答えた。それが子供に対するまっとうな答えかどうかは判らなかったけれど、小津は一応納得することができた。それ以外の答えを想像することができなかったからだ。

都岡は、問うことができない。少なくとも、都岡を産んだのは母親ではない。代理母制度は現在日本では倫理上認可されていないが、米国ではわりと昔からある制度で、その人種も様々である。両親は意図的に、登録者の中から日系人を選んだのだろう。

一時間くらいしてから、都岡は部屋へ戻ってゆく。

一人残された小津は、寝ることを諦《あきら》めて窓の外を眺める。海が凪《な》いでいる。

都岡が求めるものは、リルファンであって小津じゃない。偶像として求められることに対して、与えることが、果たしてできているのか。

この季節の雨は、東南アジアのスコールによく似ている。突然雷がゴロゴロ言い始めて、その数秒後に、バケツを蹴飛《けと》ばしたみたいにものすごい雨が降ってくる。授業を終えて、寮に戻るときはバス移動だから問題がないけれど、運の悪いことに、たいてい一人でダウンタウンに行っているときなどに、そういう雨に出くわす。さっきまで晴れていたのになぁ、と三島はブックストアの中からガラス窓越しに灰色に煙る雨を見遣《みや》る。

道の反対側にあるコーヒーショップ（イートインもあるし、豆もインスタントも扱っている）から、紙袋を抱えた女の子が出てくる。手には、男の人の持つような大きな黒い傘を持っていた。彼女は一度傘を開き、道を渡ると再度傘を閉じ、ブックストアのガラスドアを押した。チリリ、とドアに括《くく》りつけた鈴が鳴る。ドアのすぐ近くで雑誌を見ていた三島を、彼女は一瞬見て、すぐに視線を外し、店の奥へと向かう。注文していた本を取りに来たらしい会話が聞こえ、背後でごそごそと店主の動く気配と、学生証をリーダーに通す電子音と、本を紙袋に仕舞う音が、三島しかいない店内に響く。

うしろから、足音が近付く。そして声が聞こえた。

「傘ないの？　バス停まで入っていく？」

振り向くと、その子は矢咲の同室の子だった。最近矢咲の行動を観察していたから判る。梵字《ぼんじ》をプリントしたTシャツにグログランリボンを巻いたようなごわごわしたスカート、そして足には草鞋《わらじ》にしか見えないサンダル。いつものように奇天烈《きてれつ》な恰好《かっこう》に、ばっさり切ってある髪の毛が潔くて、その下にある茎のような首は滑らかに細い。バス停は遠いわけではないけれど、でもこの雨の中に傘なしで出てゆく勇気もなかった。三島は、ありがとう、と答えて手に持っていた本を棚に戻した。

黒い傘は、広げると中に青空が描かれていた。確かMoMAのオリジナル商品だ。ものすごい雨が降っているのに傘の中だけは青空で、ふわふわと浮かぶ白い雲を見上げた三島は不思議な気分になった。

バス停に着くと、バスはすぐに来た。三島は彼女の隣に座り、傘に入れてくれたお礼のつもりで荷物をひとつ持ってやる。しかしこれが見た目からは想像ができないくらい重かった。

「なんの本？　ずいぶん重い」

「たいしたことない雑誌。気象関係の」

難しそうな単語に、三島はそれ以上追及するのを止《や》める。きっと天気図とかが沢山載っている、あまり面白くもないものだろう。

なんで。腿《もも》の上でずっしりと感じる重みに三島は思う。なんでお勉強なんかするの。どうせここに住む子たちはこれまでもこれからも同じ運命。勉強なんかしなくたって今までも学校にいることはできたし、この先も生きてゆけるし、生きていたくなくても、他人の手によって生かされる。

隣の女の子からは、白檀《びゃくだん》の香りに似た、お香みたいな匂いがする。同い年のはずなのに、窓の外を眺める横顔はノーブルで、大人そのものだった。三島は自分の中指にはめたイチゴの指輪を弄《もてあそ》ぶ。見つめられていることに気付いたのか、女の子は三島を見るとふと笑い、紙袋の中からパラフィン紙に包まれたブラックベリーのパイを差し出して、食べる、と尋ねた。イチゴを弄んでいたからといって、お腹《なか》が空《す》いていたわけじゃない。でも三島は口の奥に溢《あふ》れた唾液《だえき》に抗えず、ありがとう、と言ってそれを受け取った。

ラプンツェルの塔に着いて、三島は小津（バスの中で名乗られた）と揃《そろ》って螺旋階《らせんかい》段《だん》をぐるぐる上った。四階の踊り場付近でもう一度傘に入れてくれたお礼をしようと息を吸ったら、小津が「矢咲」と呼ぶ声で三島の言葉は遮られた。

「だめだよ、寝てなきゃ」

小津は続けて矢咲を戒《いまし》める。視線の先には、スウェット姿の矢咲が髪の毛をくしゃくしゃにさせて立っていた。三島の存在を忘れたかのように、小津は矢咲に駆け寄って肩を支える。

「トイレくらい行かせて」

「体温計買ってきたから、トイレから帰ってきたら測りな」

「お母さんみたいだね、小津」

「矢咲が子供みたいなんだよ、いきなり意味不明の高熱出して、知恵熱かっつうの」

二人のやりとりを聞いて、三島の胸の中には言い知れぬ疎外感が零《こぼ》した水のように広がる。矢咲はこんなに近くにいる三島の存在に気付かない。単に小津の身体《からだ》によって死角になっているだけかもしれないけど、それでも毎晩顔を合わせているのだから、気付いても良かろうに。

三島は階段に小津の本の包みを置き、そのまま螺旋階段を駆け上がった。転ばないように、転んだら痛いしみっともない。うしろに痛いような視線を感じたけれど、振り向くのもみっともない。二フロアぶんの階段を駆け上がって自分の部屋に飛び込んだときには、息が切れていた。はぁはぁと息を吐きながらベッドへ倒れこむと、ヘッドフォンをしていた都岡が初めて三島の帰宅に気付き、ぎょっとして、どうしたの、と尋ねた。

「走ったの……運動不足だから」

「それは殊勝な心がけだけど。雨に濡《ぬ》れなかった?」

「親切な人が傘に入れてくれた」

「良かったね。一緒に走ってくれたの?」

三島がその質問に答えなくても、都岡がそれ以上追及してくるようなことはなかった。

一人になりたい、と思って一人でダウンタウンへ行った。一人で行く、と言ったとき、都岡の表情はまるで変わらなかった。そう、と頷《うなず》いただけで、笑顔で行ってらっしゃいと言ってくれた。都岡は一人でも大丈夫なの? 尋ねたくても、尋ねられない。

今の三島が、一人でももしかしたら大丈夫だから。


矢咲の原因不明の発熱は翌日まで続いた。夜通しうなされつづける矢咲のおかげで小津は一睡もすることができず、解熱剤のせいで発汗してぐしょぐしょになったパジャマを取り替えてやったりしながら、空がぼんやりと白む時刻を迎えた。その頃になってようやく矢咲の額からの発汗が止まり、平熱に戻ってきたので、小津は一息つくためコーヒーを淹れた。そしてマグカップに蓋《ふた》をして静かに部屋を出ると、喫煙所まで階段を上った。寝不足のせいで軽く頭痛がするけれど、今更もう眠ることはできない。

喫煙所には、思わぬ先客がいた。昼間傘に入れてやった、三島という女の子だ。白い綿レースのパジャマ姿で、ソファの上に丸くなって眠る姿は、小さくて子供みたいで、小津はその愛らしい姿に思わず手を伸ばして触れそうになった。しかしこれは子供ではないと思い留《とど》まり、そっと出窓にマグカップを置いて煙草《タバコ》に火を点《つ》ける。窓を開けると、澱《よど》んだ風が流れ出ていった。反対側のどこかの窓でも開いているのだろう。

窓際の一人がけの椅子《いす》に腰掛け、外に流れゆく煙をぼんやりと眺める。ソファの上の三島は身じろぎもせず、窓の外から聞こえる潮騒《しおさい》に被《かぶ》さるのか、寝息も聞こえない。本当にこの子は息をしているのだろうか。ふと心配になり、小津は椅子から立ち上がり、ソファの前に跪《ひざまず》くと三島の鼻の下に指を持っていった。そよ風みたいな感触が指を撫《な》でる。

お母さん、鼻息がくすぐったい。

まだ母の恋人が一緒に暮らし始める前、一緒のベッドで寝ていた母は、小津を抱き枕《まくら》のようにして眠っていた。くすぐったさに身を捩《よじ》ると、ますます調子に乗ってちょっかいを出してくる。あんたをハグしてないと落ち着いて眠れないのよ。そう言って母は、自分が寝付くまで小津の身体を離してくれなかった。寝付いたら身体を引き剝《は》がしても大丈夫だ。でも結局、朝起きると今度は小津のほうが母の身体に絡まっている。当時まだ子供だった小津の身体は、母の腕の中にすっぽりと収まった。今目の前に寝ている三島も、きっと今の小津の腕の中にすっぽりと収まるサイズだ。

あなたは良いなぁ、小さくて。

小津は指を引っ込め、元いた椅子に座りなおす。そして小さく丸まる三島をしげしげと見つめた。

小さければ、きっと誰かに守ってもらえるんだろうな。

しだいに空が紫に染まり始める。今日もまた雨が降る。晴れることを望みながら、さっきまで、ブックストアで取り寄せた本を眺めていた。何を考えてそんな雑誌を買ったのか自分でもう定かではないけれど、海流と気流を計算して最適な日に海に飛び込んだら、神様のご加護があれば海を越えて母親のところへゆけるような気がしていたのを憶えている。頭がおかしいとしか思えない。でも、希望を捨てることができない。

結局煙草を二本、フィルターギリギリまで吸い終えても三島が起きる気配はなかったので、小津はマグカップを持って階段を下る。裸足《はだし》にリノリウムの床は冷たい。

岬の学校では授業に出るとか出ないとか、もはや関係ない。四年間ここにいることが唯一卒業の条件というだけで、一日中寮の部屋でダラダラしててもまったく問題はないけれど、それだと恐ろしくヒマであるから、暇つぶしに授業に出るみたいなものだ。授業に出ても面白くはない。が、体育の授業なんかは気分転換にはなる。その日の体育のプログラムはスカッシュだった。

まだ朦朧《もうろう》としている矢咲を一人部屋に残し、小津は昼過ぎまで授業に出て、構内のベーカリーでレザンとクロワッサンを買って部屋に戻った。汗をかいたので、早くシャワーを浴びたい。矢咲のベッドは、布団から人が抜け出たままの形で掛け布団が残っており、部屋履きもない。部屋の中央のテーブルにミネラルウォーターとパンの包みを置いてから、小津はお風呂《ふろ》セットの入っている籠《かご》を持ってバスルームへ向かった。

まだ早い時間なのに、シャワーブースを使っている音がした。小津はひとつ空けて隣のブースの扉を閉める。

「矢咲？」

天井に声が響く。おかえりー、という声が、使用されているブースから返ってくる。

「もう平気？」

「うん、ありがとう色々」

直感的に、これは伝染する風邪《かぜ》ではない、ということが判っていたから、小津はずっとそばにいた。今までの経験上、自発的に引いた風邪は他人には伝染《うつ》らないのである。うなされる矢咲は小津の手を握り、離さなかった。何かに取り憑《つ》かれているのではないかと思うほど激しいうなされようで、これはメディカルセンターに連絡をしたほうが良いのではないか、とも思った。

夢うつつの状態の矢咲の口からは、さくら、という名前が何度も出た。確か寝言に答えると魂を連れてゆかれる、という迷信があるので、小津は答えなかった。実際、誰かに連れてゆかれようとしているような気がしていた。

熱が下がってきた夜明け、一服して戻ってきてから、矢咲の勉強机の上に、くしゃくしゃになった封書を見付けた。だらしない性格だけれど、ゴミはゴミ箱に入れる人なので、不思議に思ってうっかり小津はその封書を手に取ってしまった。中から音を立てないようにして便箋《びんせん》を取り出す。そしてその文字を見て愕然《がくぜん》とした。

『くろかわさくらは死にました』

Ａ４の紙の左上に横書きで印刷されている文字列に含まれた悪意に、小津は気が遠くなる。何を伝えたいのかはこれ以上ないというくらい明確だけれども、その事実を知った矢咲に何を求めるのか。

「小津」

シャワーブースがノックされて、小津ははっと現実に引き戻された。お湯を出しっぱなしで突っ立っていただけで、まだ髪も洗っていなかった。

「なに」

「夕飯、ダウンタウンに食べに行かない」

「良いよ。すぐに出るから待ってて」

「最近なんか美味しそうなのある？」

「一昨日《おととい》見たときは、夏野菜のガレットっていうのが始まってたよ」

「良いね、美味しそう。キッシュも食べよう」

矢咲の立ち去る気配がしたあと、小津は大きな溜息《ためいき》をつく。そして珍しく、いやだな、と思う。あんな手紙を見なければ良かった。とても不愉快だった。しかもその不愉快の対象がどこに向かっているのか判らないし、起因するものが判らなければ感情を抑える術《すべ》もない。これじゃ距離感が測れない。

小津が階段を下っていったことを確認してから、三島は薄目を開き、人のいないことを確認し、起き上がった。もう二日、矢咲はここに来ていない。なぜならおそらく熱を出しているからだろうが、それでも三島に会いに来てくれるんじゃないかと思っていた。

結果的に、何もかも逆効果だった。

黒川さくらが死んだ、という情報を母との電話で得たあと、随分と三島は迷った。これを矢咲に伝えるべきか、黙っておくべきか。そして都岡に相談してみた。大切な人が遠くで死んでしまっていたら、その事実を都岡は知りたい？　そんな質問に、都岡は「知りたい」と即答した。だから、矢咲にその事実を伝えてあげたのに。

都岡の考えが何もかも正しいわけじゃない、ということにそのとき初めて気付いたような気がする。矢咲はきっとあの手紙のショックで熱を出し、そしてその看病は小津がしたのだ。傷心の矢咲が縋《すが》る相手は、黒川さくらに似ている三島だったはずなのに。

開けっ放しの窓の外は既に茜《あかね》の霧に沈み、濃厚な朝の気配を湛《たた》えていた。

もう矢咲は来ない。三島の目には涙が滲《にじ》む。しかし即座に、バカバカしい、と自分に言い聞かせ、意地と気合で涙を乾かした。悲しいときは歌をうたうの、誰もいないところで、そうすると少し楽になれる。同じ制服を着ていた頃、いつだったか都岡が言っていた。都岡の言葉が全て真実ではないと知ってしまった今、その言葉を信じるべきか信じないべきか、三島は一瞬迷った。でも他になす術もなく、三島は歌いだす。そして階段を下る。

アイアムシクスティーンゴインノンセブンティーン、ダラッタラッタータラー。

次の日、というかその日は一日中寝ていた。起きたら夕日が窓から見えた。テーブルには、室温になってしまったグレープフルーツの搾り汁が置いてあったので、上のラップを外してごくごくと飲み干す。ビタミンが指先まで染み渡るようだった。

シャワーを浴びるために部屋を出ると、ちょうど螺旋階段を、矢咲と小津が連れ立って下っているのが見えた。普段と変わらない様子で二人は階段を下りきり、建物の外へ出てゆく。熱は下がったの。体調は大丈夫なの。心配をしているのに、三島は苛《いら》立《だ》つ。どうしてその人じゃなきゃいけないの。

シャワーを浴び、部屋に戻っても都岡はいなかった。いない、という事実に三島はほっとしつつ、うらはらに再び苛立つ。なんで私が起きたときに部屋にいてくれないの。髪の毛を乾かしてよ。剝がれちゃったマニキュアを塗りなおしてよ。乱暴にお風呂セットを床に放り投げ、ベッドに身を投げ出す。そしてすぐに起き上がり、都岡の勉強机の上にある本棚を漁《あさ》った。アイアムシクスティーンゴインノンセブンティーン、の歌は確かサウンド・オブ・ミュージックの中の歌だった。そして確か都岡はサウンド・オブ・ミュージックの楽譜を持っていた。ダラッタラッターラー、の先の歌詞を知りたい。

マリアと子供達が微笑《ほほえ》んでいる青い表紙の楽譜はすぐに見付かった。ピアノ伴奏の楽譜で、歌詞も全部書いてある。あまり難しくもなく、三島でも弾けそうだったので、首にタオルを引っ掛けたまま、楽譜を持って音楽室へと向かった。カチャカチャと食器のぶつかり合う音がかすかに響く食堂を通り過ぎ、音楽室へ行くと、珍しく扉が閉まっていた。くぐもったピアノの音がその中から聞こえてくる。ソフトペダルを固定して音を消しているのだろうが、それでもその音色は都岡の弾いているものだと、三島は即座に判った。

扉の向こうから流れてくるのは聴いたこともないような難しい曲で、しばらく中に入ることができず、三島は扉の前で一人佇《たたず》み目を閉じる。やがて潮が引くようにピアノの音が止まる。溜息ふたつ分の沈黙ののち、三島は扉を押し開けた。鍵盤《けんばん》の蓋を閉じた上に都岡が突っ伏していた。泣いているのかと思ったけれど、足音に気付いて三島を見た都岡は、満足感に頬《ほお》を赤くしていた。

「起きたの」

「うん」

「ピアノ、弾く？」

都岡は身を起こし、譜面台の楽譜を纏《まと》め始める。夕焼けの赤い日を受けて滑らかな光沢を放つピアノと、頬を紅潮させた都岡があまりにも綺麗《きれい》で、三島は都岡が片付ける手を摑《つか》んで止めた。

「どうしたの」

「これ、弾いて。アイアムシクスティーンゴインノンセブンティーン、って曲」

三島は手に持っていた楽譜を差し出して、まだ片付いてない譜面台の上に開いた。

都岡は無言のまましばらくその譜面を見ていたが、そのうち鍵盤の上に白い指を踊らせ始める。メロディラインは歌なので、楽しげな伴奏だけが音楽室に響いた。

「三島、歌いなよ、知ってるでしょうこの歌」

「知ってるけど、英語だから読めないよ」

「もっとこっちに来れば読めるから、おいで」

字の大きさとかの問題ではなくて。言い返そうとしたけれど、都岡がとても嬉しそうに誘うので、三島は椅子のすぐ傍《そば》まで行って、都岡に顔を寄せる。そして、たどたどしく歌詞を追い、小さな声で歌った。二回目に入った頃には妙に楽しくなってきて、都岡も楽しくなってきたらしく、二人のキャンディみたいに甘い歌声が、部屋中に響いた。

もうそろそろ十九歳だけど。

終わってしまった十七歳には永遠に戻れないけれど。

この部屋で永遠に二人、何も苦しいことなど考えずに歌いつづけていられたら、録音テープが終わるようにあっけなく、終わりを迎えることができるような気がする。

紫色の闇《やみ》に部屋が沈むまで、調子付いた都岡は他の曲も全て弾いて、三島は歌った。暗闇に譜面が見えなくなってから、三島は壊れた人形のように床に転がり、つられた都岡も椅子から崩れ落ちるようにして、三島の身体の横に転がる。手が触れたので、どちらからともなく指を絡め、顔を見合わせて笑った。

「楽しいね」

「うん、楽しいね」

静かな部屋には二人しかいないのに、それでも、都岡の向こうに矢咲の顔がちらついて消えない。三島は都岡に顔を寄せ、額をくっつけて目を閉じた。床が回るような感覚に、ずぶずぶと沈み込んでしまいそうだった。

いつかのこと

　ゆっくりと、本当にゆっくりとした速度で、小津が壊れていっているように見えた。例えばボタン糸のちょっとした綻《ほころ》びのように、もしくは貝ボタンの端にできた欠けのように、それは目を凝らさないと全く判《わか》らないもので、ふとしたら見過ごしてしまう。けれど放っておけば確実に糸は解《ほつ》れつづけ、やがてボタンが取れることになるし、貝ボタンだったらきらきらした表面がいつの間にかそっけないことになるだろう。最初に都岡がそう思ったのは、小津が気象関係の専門雑誌を、バックナンバーと合わせて一ダース買ってきたときだった。

　夜、一週間ぶりに部屋に訪れた都岡の前に、買ってきた雑誌を元に筆算をした計算書を出し、ほら再来週の土曜に海に入れば海流が連れてってくれるから東京に戻れる、そうと言われたときはふざけてるのかと思ったけれど、目が笑っていなかったから、そうだね、とだけ答え、都岡はその紙を受け取って裏返し、他の話題を探した。

いつの間にか夏は終わりを告げていた。言葉では説明できない「終わりの匂《にお》い」みたいなものが、窓を開けていると流れ込んでくる。夏休みという概念がないので（授業の出欠は自由なので）、時間のあるときには授業を受けていたが、夏の終わりの台風が立て続けにやってくると、建物から出る気も失《う》せる。建物が倒壊しそうな風と雨が打ちつける夜に、小津がそんなことを言ったもんだから、都岡はとぐろを巻く黒い海に飲み込まれる身体《からだ》を想像してぞっとした。

その台風は二日続いた。外に出ることもできず、三島は気圧の関係で偏頭痛が止まらないらしくずっと寝ている。都岡も軽い頭痛を堪《こら》えながら、三島が食べたいと言ったマフィンを焼くために材料を抱え、キッチンへ向かう。バナナの買い置きがなかったので、ココアパウダーを入れてチョコレートマフィンにしようと思った。ママレードをつけても美味《おい》しい。

マフィン型に種を流し込み、上に胡桃《くるみ》を埋め込む。そしてそれを天板に並べオーブンに入れてから、椅子《いす》に腰掛け、持ってきた読みかけの本を広げた。小津が壊れかけてきている、と思った原因のふたつ目にあたる本である。カナダのマイナー映画の原作だった。閉ざされた女学校の寄宿舎に暮らすレズビアンの少女たちの話で、何を思って自分に読めと言ったのか判らないけど、釈然としない気持ちで一応アルファベットの連なる字面だけは追っていたら、バニラとチョコレートの混じった良い香りが漂ってきた。正直、頭痛で文字を追うのが辛《つら》かったので、十ページくらい読んでから再び本を閉じた。そして目を閉じて目頭を人差し指の腹でぎゅっと押す。

「良い匂ーい」

聞いたことのある声が間近から聞こえたので、都岡は目を開け、焦点のなかなか定まらない視界の中に、タオルで髪を拭《ふ》きながら歩いてくる矢咲を見付けた。いつかのマフィン泥棒だ。

「まだ焼けないの？」

「あなたがおこぼれにあずかることを前提に聞かないでくれる？」

「そんな、犬じゃあるまいし、おこぼれって」

矢咲は面白そうに笑い、オーブンに顔を近付けて覗《のぞ》き込んだ。

「ちょっと、こんなに膨らんでて大丈夫なの？」

「ある程度は縮むもん、ポップコーンじゃないんだから」

そう答えると、矢咲はまた笑う。面白いことを言っているわけじゃないのに、都岡はその反応にむっとした。ポップコーンも熱しすぎると焦げて炭になって潰《つぶ》れるよ、と矢咲は言う。焦がす前に爆発するだろう、と反論したら、電子レンジで加熱するものだと温めすぎると焦げるのだそうだ。火災報知機が鳴らないように注意したほうが良いよ、と助言を受けた。

結局矢咲はマフィンが焼けるまでオーブンの前を動かず、ちらほらと儀礼的な会話を交わし、またしてもふたつマフィンを取られた。ひとつを小津が食べるなら良いけれど、あの様子だとふたつとも矢咲のお腹《なか》の中に収まりそうな気がする。

部屋に戻ると、三島は起き上がって窓の外を眺めていた。ごうごうと音を立てて雨が横向きに降っている様は、東京にいたらそんなに見ることができない。

「起きて大丈夫なの？」

都岡が声をかけると、三島は振り向いて、さっきアスピリンを飲んだから楽になった、と答えた。そしてまた窓の外を見遣《みや》る。後姿だけ見たら、随分と髪の毛が伸びているように見えた。この学校に来てから一度も切っていないけれど、もうお尻の下くらいまである。ちょっと伸びすぎだ。

「三島、髪の毛切ろうか」

今までは大抵都岡が切ってあげていたので、尋ねた。切らない、と返事があった。

そしていつまで経ってもマフィンに手を付けない。やっぱりバナナじゃなきゃダメだったのか。でもこの天候で外に出たら一瞬で飛ばされるような気がする。


矢咲はほかほかと湯気を立てるマフィンを部屋に持ち帰って、ひとつを小津にあげた。嬉《うれ》しそうに受け取り、小津はしばらくそれを窓際の寒そうなところに放置して、冷めてから一口齧《かじ》る。部屋はそれほど寒くないはずなのに、窓の外の寒々しい様子が、部屋の中まで冷やしているようだ。

「コーヒー淹《い》れてよ」

「たまには矢咲が淹れてよ」

「インスタントしか淹れられないけど」

「良いよ、それで」

矢咲は立ち上がり、マグカップにインスタントコーヒーの粉を入れる。分量がよく判らないけど、確か小津は薄めが好きだったはずだ。お湯を注《つ》ぎ、湯気の立つマグカップを差し出すと、小津は受け取り、呼吸困難になるんじゃないかと思うくらいふーふーしてから口をつけ、不味《まず》い、と言って笑った。

話は少しの時間遡《さかのぼ》る。あの高熱を出した夜から、小津がおかしくなっていた。高熱を出したのは矢咲のほうだというのに、何故《なぜ》か矢咲の体調が戻ってから、小津がおかしくなった。熱を測らせたけれど問題なく、体調が悪そうだというわけでもない。おそらく図太い神経の持ち主だったら、気付かない程度のものだっただろう。今まで矢咲と小津の間に存在していた、暗黙のうちに作られていた見えない壁が、可視化した。そうさせたのは矢咲ではなくおそらくは小津である。

おかしくなるのは自分のほうだろうと思っていた。さくらが死んだ、という差出人不明の手紙を受け取ったとき、自らが撃たれた気がした。手が、頭が、心がもがれる感じだった。矢咲実というひとつの肉体を構成していた全ての要素が、結合を止《や》めて崩れ落ちる。崩れ落ちた先は暗く深い穴の中、そこで何も感じることのない無に帰るのだと思った。

小津はあの手紙を見たのだろう。結果的に彼女にとって矢咲は腫《は》れ物になった。

小津の過去は聞いていないし、知ろうともしていないけれど、小さな子供の頃から「大人」として、もしくは「年相応な様子を計算して」振舞うことを要求されていた子だろうと、今までの生活や態度を見て思う。そういう子の心にズレが生じると、それはあっという間に大幅にズレてしまうことが多い。中学校や高校で、そういう子を何人か見てきたし、何より間近にその最たる例であるさくらがいた。

さくらの心にひずみが生じたとき、矢咲はその悲しみや怒りや絶望を受け止めてあげるだけの器を持っていなかったのに、受け止めようとした。熱を出してさくらの夢を見つづけながら、そのときの自分のあさはかさを鞭打《むちう》つように責めた。

ねえ実、この先ずっと光のあたるところにいるには、どうすれば良いんだろう。

くちづけを交わしても、その身体を抱いても、矢咲はさくらの光にはなれなかったのに。一緒に死のうよ、と言われて、それでさくらが幸せになれるのならばと命を差し出してみたけれど、結果は考えうる最悪の事態になってしまった。

最悪の事態が、再び起こらなければ良いのだけど。

可視化された壁は、小津との交流を阻《はば》む。元々マネキンみたいな外見が、そのことによって更にマネキンみたいになってしまって、矢咲はまるで初対面の人と接する気持ちで小津に接しなければならない。否《いや》、その必要はないのだろうが、そうなってしまう。

窓際の椅子から、小津が立ち上がる。

「どこ行くの？」

「お手洗い」

扉を開けて、小津は出てゆく。矢咲は扉の閉まる音を聞いてから、長い溜息《ためいき》をついた。そして自分が淹れた不味いコーヒーを飲む気にもなれず、一階の自動販売機まで飲み物を買いに行こうと扉を開けると、踊り場から歩いてくる都岡が見えた。手には籠《かご》を持っている。矢咲を見ると、あ、という顔をして立ち止まり、尋ねた。

「どこか行くの？」

「一階だけど、運動がてら一緒に行く？」

小津に用があるのかと思ったら、意外にも都岡は頷《うなず》き、矢咲のあとを付いてくる。

一階の入り口近くにある自販機でオーシャンスプレーの瓶を買い、戻ろうとしたら、ちょっと、と都岡に手を引かれた。マフィンが余ったの、だから一緒に食べない。そう聞かれ、素直にドリップコーヒーを買えば良かったと思った。


まだ夕方には遠いのでおかずになる食べ物は置いていないが、ウォータークーラーはあるので、都岡は水を汲《く》んで矢咲と向かい合い食堂の椅子に腰掛けた。矢咲は胡桃を毟《むし》ってマフィンを食べている。健康そうなその外見は、三島や自分と同じ種類の動物とは思えなかった。

「うん。でもバナナのほうが良いね」

「美味しい？」

「この天気じゃ買いに出れないよ」

傘さしたら確実にメリー・ポピンズだね、と言って翳《かげ》りのない顔で矢咲は笑う。都岡はこの人が本当にあの黒川さくらの心中相手なのか、と不思議に思う。心中なんてドロドロした響きを持つ言葉とは無縁のところにいそうな人なのに。

くろかわさくらは死にました。

その手紙は三島がパソコンとプリンタと二時間闘いながら作った、彼女なりの力作だった。都岡に頼ることなくワープロソフトを使用し、文書保存し（くろかわさくらは死にました.docだったけど）、プリントアウトした。なぜ都岡がそんなことを知っているのかと言えば、パソコンを壊したりしていないか心配で、三島が戻ってきたあとパソコンルームに見に行ったからだ。案の定自分のユーザ名でログインしっぱなしで、何をしたのか丸見えだった。

その力作を、既に矢咲は受け取っているはずである。それなのにこの落ち着きようはなんだろう、と都岡はまじまじと矢咲の顔を見詰めた。

「何、なんかついてる」

「いや、不思議だなぁと思って」

「なにが」

「一度死ぬ目にあっても、そんな快活に生きられるの？」

その言葉を聞いて、矢咲の表情が目に見えて硬くなる。ぽろぽろとマフィンの食べカスが口の端からこぼれた。唐突すぎたかな、とも思ったが、都岡はそのまま言葉をつづけずに矢咲の返答を待った。

「……三島が言ったの？」

しばらくして、むりやり平気そうな顔を作った様子で矢咲が尋ねる。

「黒川さくらの名前を知っていて、その名前をあなたから聞いたのだとしたら、誰だってあなたが彼女の相手だって想像はつくよ。世界は狭いんだよ」

「……そういうのがイヤで、こんなところまで逃げて来たのに」

あっという間に再び表情が崩れ、矢咲はテーブルの上に両肘《りょうひじ》をつき、手のひらで顔を覆う。

「私はそのことを知ってるけど、別にあなたを特別だとも思わないいし、たぶんそういう理由の人が他にもたくさんここにはいると思うから、気にする必要はないと思う。でも、死ぬ思いをしたんなら、もっとネクラな人になっても良さそうなのに、あなたは不思議だなと思っただけ」

「よく判らないけど、ありがとう」

「別に褒めてない」

コップが空になったので、再度水を汲みに行く。戻ってきても矢咲はまだ同じ姿勢でいた。

三島が、都岡に秘密を作ってまで矢咲に近付こうとしていることは、正直驚いたが、驚きだけではなく悔しかった。出会ってからずっと一緒にいて、永遠に一緒にいるだろうと三島も思っていたはずだし、望んでいたはずだ。それなのに、こんな一時の風疹《ふうしん》みたいに他の人に気を取られるなんて。かつて三島は都岡のことが好きだと言った。ずっと好きと。でも、目の前にいるのは都岡に似ても似つかない、どちらかというと性別すら違いそうな女の子で、その子の気持ちを自分に向けさせるために三島は似合わない努力をしている。あの努力嫌いが。

悔しさが頂点に達し、都岡は顔を覆っていた矢咲の手のひらを引き剝《は》がした。泣いていたらどうしようと思ったけれど、泣いてはいなかった。ただ、目の下のクマが一層黒く見える。

「あなたも知ってると思うけど」

「なに」

「三島もいずれ黒川さくらと同じことになるから」

「どういうこと。私に一緒に死ねって言うの？　それとも、父親の会社のために人身《ひとみ》御供《ごくう》に出されるの？」

「うしろのほう。でも前のほうも有り得るかもね」

「面倒見切れないよ。あなたが責任持ちなよ」

「ずっとそのつもりだったけど、三島の気持ちが変わったんだから仕方ないでしょ」

「もう、イヤだそういうの。人の気持ちに責任なんか持てない。お願いだからそっとしておいて」

都岡が摑《つか》んでいた手首を、矢咲は振り払って立ち上がる。越えてはいけない境界を踏み越えてしまった。でも、言いたいことを言い終わってもいないので、都岡は言葉を続けた。

「私はそっとしておくよ。でも三島があなたをそっとしておかないよ。判るでしょ？　黒川さくらが死んだって手紙を作ったのは三島だよ。ねえ、それで弱ったあなたはリルファンにつきっきりで看病してもらってたね。あなたが頼ってくると思って待っていた三島がこのさきどうなると思う。三島どころか、もう既にリルファンまでおかしくなってるじゃない」

「……リルファンて誰」

「小津のこと。モデルだったときの名前がリルファン」

「知らなかった、モデルなんかやってたんだ、どうりでマネキンっぽいと思ってた」

ごうごうと風が鳴る。建付けの悪いガラス戸が何枚かあるらしく、ガタガタと音を立て、隙間風《すきまかぜ》が抜けてテーブルクロスを揺らした。

いったい自分は何をしたいのか。都岡は矢咲の硬い表情を見つめながら思う。三島がこの人に夢中になってくれれば、都岡の肩の荷は降りる。でも、矢咲は三島を受け入れる気はなさそうだし、そもそも彼女にまつわる全てのものを放棄している。過去も、今も、未来も。逃げるためにここに来た、と矢咲は言った。逃げる人は逃げた先で荷物を背負うようなことはしないだろう。たとえそこが彼女にとって安住の地であっても、事実が判るのは命を終わらせるときで、それまでは逃げるために何を負うことも拒否する。少なくとも都岡が逃亡者であれば、そうする。

矢咲は、頭が痛い、と言って踵《きびす》を返した。そこに見える背中が、思っていたよりも華奢《きゃしゃ》だったので、都岡は何か痛々しいものを見てしまった気持ちで、言葉もなく去ってゆく矢咲を見つめた。出口付近で矢咲は振り返り、マフィンご馳走様《ちそうさま》、と言い、再び背を向けて視界から消えた。さっきまで温かかったマフィンは、既に冷めていた。

翌日、雨は嘘《うそ》のように止んで窓の外には作り物のような青空が広がっていた。小津が喜びそうな天気だ。矢咲が起き上がってから二十分後、小津が目覚め、案の定窓の外を見て歓声をあげた。

「良い空！」

良い天気、じゃないところに矢咲は笑った。空の写真を集めているくせに、小津は自ら写真を撮ることはしない。カメラがあれば、今日なんか極上の青空が保存できるのに、と矢咲は残念に思った。

つい先日まで、三島は矢咲にとって陽だまりのように好ましい人物だったし、もしかして三島が矢咲を生かす第一の人になるかもしれない、と思っていたのに、都岡の話を聞いた今となっては、三島と顔を合わせるのが億劫《おっくう》だった。都岡と三島に会わないことを祈りながら食堂に下り、運良く顔を合わせずに済み、珍しく食後の一服に小津も一緒についてきた。「良い空」を見たお陰か小津からはマネキンっぽさが抜け、表情も幾分か柔かい。昨日の夜は三島を避けるように、喫煙所には行かなかった。なにやらぐっすり眠れた気がするが、もしかしたら小津は矢咲の歯軋《はぎし》りで寝不足かもしれない。しかし小津も喫煙所の窓から差し込んでくる光の中、ずいぶんとさっぱりした顔をしていた。二本目の煙草《タバコ》に火を点《つ》けようとしたとき、小津がその手を止める。

「ねえ、今から海に行かない？」

「海？」

海なら毎日見ているから、行く、という感覚がない。そしてこの学校から「海に行く」ことができるのかも知らなかった。黙っていると、小津が再び口を開く。

「矢咲はタクシーで来たから知らないか。船で来るとね、崖《がけ》の下に船着場の桟橋みたいのがあるの。で、狭いけど砂浜も。たぶん降りられると思うから、行こう」

「でも台風の次の日だよ」

「大丈夫、今の時間なら引き潮」

やけに詳しいな、と思いつつ、矢咲は煙草をケースに戻し、小津と一緒に階段を下った。

　桟橋に下りる階段の入り口には潮風に晒《さら》されて塗料の剝《は》げ落ちた扉が付いていたが、いかにも形だけ、という感じで簡単に乗り越えられた。岩肌を削って、その上に止り木を渡しただけの階段を一歩一歩下りてゆくと、しだいに潮の匂いが濃くなってくる。本当に狭い砂浜に降り立ち、寄せる小さな波を見たら、台風のあとだからだろうが、水はこれ以上ないというくらい濁っていた。魚の死骸《しがい》や海草が浜に打ち上げられて、その周りに羽虫が集まっている。

　孤島ではないけれど、この様子はまるでアルカトラズだと思った。船でここにたどり着いたとき、小さな桟橋と聳《そび》え立つ崖を見て、小津は何を思っただろう。

　小津は早速サンダルを脱いで、汚い砂浜を素足で歩き始める。矢咲もそれに倣《なら》い、踵《かかと》の潰れたスニーカーを脱いで水のかからない場所に置き、うしろについて歩いた。狭い浜はすぐに終わり、岩場となる。小津はそこをよじのぼると、比較的平らになっている岩の上に座り、空を仰いだ。群れから取り残されたような小さな雲が、所在なさげに浮かんでいる。矢咲も隣に座り、同じように空を見た。

「こんな空が見られて、嬉しい」

　小津は空を見たまま、言う。うん、と矢咲は頷く。そして、尋ねた。

「モデルだったって本当？」

「……都岡が言ったの？」

「そう」

「あのお喋《しゃべ》りめ」

それきり、小津は口を噤《つぐ》んだ。振り仰いだ空には鳶《とび》が舞うように飛んでいた。波の音に消されて鳴き声までは聞こえない。喋らない小津の代わりに、矢咲は言葉を続ける。

「なんか、あの洋服の束を見て服飾関係の人の娘なんだろうなぁとは思ってたけど、まさか本人がモデルだったとは思わなかった」

「モデルだったのは十三歳までで、そのあとは普通の人だよ」

「勿体無《もったいな》い、なんで辞めたの」

「身長が伸びなかったから。あと、日本に帰国させられたから」

海外で仕事をしていたのか。意味もなく感心していたら、小津のほうが尋ねてきた。

「ねえ矢咲、私はあなたの素性を知らないけど、この学校に来ている以上、なんらかの事情があるんだと思う。その事情を作ってここに来ざるを得なくした人を、矢咲は恨む？」

ピアノを弾きに行ったとき以来、また核心を突かれた感じだった。

恨まない。恨みようがない。

「……良い言葉教えてあげようか」

矢咲が質問に答えず、ふいに思い立ってそう言うと、まるで質問したことを忘れているかのように、なに、と小津はこちらを見た。

「何もかも、世の中のせい」

「は？」

「だから、何もかも、世の中のせいなの。私がここに来ることになったのも、小津がここにいることも、誰が悪いとかじゃなくて、全部世の中のせいにするの、そうすると楽になれる。誰かを恨みたくないし、誰かを責めることもしたくないし、そういうマイナス感情って究極的には自分のところにブーメランみたいに返ってくると思うんだよね。人を責めることとか恨むことって、最終的には、自分を責めて、恨んで、ドツボにはまってダメになることだと思う。だから恨んでも問題のなさそうな世の中に全部の責任を押し付けるの」

「……なるほど」

神妙な顔をして小津は頷き、しばらくしてから声をたてて笑い出した。その声はだんだん大きくなり、こんなに大きな声を出す小津を初めて見た矢咲は、仰《の》け反《ぞ》った顎《あご》から首の、なだらかな丘陵のような線を見つめた。

ひとしきり笑って、はぁはぁと息をつきながら、小津は岩の上に立ち上がる。

「どうしたの」

「足が痺《しび》れた。腹筋もつりそう」

風が黒いワンピースを音をたててはためかせる。立ったまま海原を見渡していた小津はいきなり、あ、きれいな貝みっけ、と言って隣の岩に飛び移り、打ち上げられたのであろう、白いシャコ貝の貝殻を取り上げて見せた。

「これって沖縄にいる貝だよ、こんなところまで来るんだね」

「綺麗。見せて」

小津からその貝を受け取ると強烈な磯《いそ》のにおいがした。しかも見た目より重い。

「くさい……」

「二、三日真水に浸《つ》けてればにおいは取れるよ。持って帰って部屋の灰皿にしよう」

「部屋は禁煙じゃないの？」

「窓開ければ大丈夫なんじゃない？　火災報知機だって、こないだ矢咲が電子レンジでポップコーン爆発させたときも作動しなかったし」

「あー、あれは臭かったね。でも」

「夜中に喫煙所に行って三島に会って、心を蝕《むしば》まれるのとどっちが良い」

「………」

「都岡の話を聞いてる限りでは、三島はあなたには向いてないよ。ああいう子の相手をするのは、もっと優しくない人のほうが良い」

核心を突かれるたび、小津が傍《そば》にいてくれることを望んでしまうようなら、いっそ自分の気持ちなんか判らないでほしいと思う。

戻ろう、そろそろ雨が降る。そう言って小津は矢咲に手を差し伸べる。こんな良い天気なのに雨が降るなんて嘘だろうと思っていたら、ちょうど部屋に戻って窓をあけたとたん、桟にひっかけた手の甲にぽつりと雨粒があたった。

サルヴェイジの森

月の満ち欠けなど気にしたこともなかったけれど、一週間連続でその様子を見ていればイヤでもその変化は目に入る。少し前まで丸々としていたものが、じりじりと楕《だ》円《えん》に変わっていた。もう一週間、喫煙所に矢咲が来ない。ときおり遠くから姿を見かけることはあるが、いつも小津と一緒で、三島は都岡と一緒で、そして時間帯は昼間で、何もかもがかみ合わない状態だった。

煙草《タバコ》の匂《にお》いが染み付いた喫煙所のソファに寝そべり、三島は目を閉じて瞼《まぶた》に映り込んだ月の残像を眺める。

矢咲、どうして来ないの。私はそんなにイヤなことをした？

吹き抜ける幽《かす》かな風が起こす物音にでも、もしかして矢咲の足音かもしれないと期待してしまう自分が、本当に憎らしかった。死ねばいいのに、と思う。自分か相手が死んでしまえばこんな思いをすることないのに。実際に黒川さくらが死んだって、矢咲は二日と少し寝込んだだけで全然変わらない。きっともう心の中に黒川さくらはいないだろう。相変わらず小津とだけご飯を食べて、小津とだけ出かけている。その回数も、ここのところ増えているのではないかと思う。昼間に二人の姿を見かけることが多くなった。むしろ、単独行動の矢咲を見ることがなくなった。

小津が何か吹き込んだのか。そうとしか思えない。でも三島と小津には僅《わず》かな接点しかない。ブラックベリーのパイを貰《もら》ったくらいだ。だとしたら、都岡か。都岡と小津は、三島と矢咲が逢引《あいびき》みたいなことをしているあいだ、同じように逢引みたいなことをしていた。そのときに、都岡が何か三島の悪いことを吹き込んだのか。

小さな黒い点が、虫のように胸の中を這《は》い回り、いつしかそこは真っ黒になる。嫌い。矢咲も、小津も、都岡も。

そもそも都岡とだけ一緒にいれば、こんなに毎日胸を刺されるような思いをせずに済んだのだ。三島の事情を知っている人しかいない世界にいれば、誰に対しても近付こうとしなかったし、近付いてくる物好きな人もいなかった。きっと黒川さくらだって同じような生活をしていただろう。それなのに、うっかり話をしてしまって、うっかり近付いてしまって、都岡以外の世界を知って、その世界を手に入れたいと思ってしまった。過失があるとしたら、矢咲ではなく三島のほうだ。それがまた悔しい。

キリキリと胃が締め付けられるような痛みを堪《こら》え、夢うつつのまま目を開ける。窓の外は何度も見た夜明け。白む空は今日も茜《あかね》を帯びて、昼間に雨が降ることを伝える。三島は起き上がり、窓を開けた。そして夜露と潮の匂いをかすかに含んだ空気を吸い込み、ああ、と思う。

もう夏は終わったのだ。


都岡はわりと授業に行っている。最初のうちは都岡の傍《そば》を離れるのが心細くて、いつでも一緒の授業に出ていたが、現在の三島はほとんど出ない。夜の間に取れなかった睡眠を満喫していると、行ってくるね、と一応三島に声をかけてから都岡は部屋を出てゆく。勉強になんの意味があるのか。もう生まれてから何百回何千回と疑問に思っていることを、都岡が授業に出てゆくたびに思う。

再び眠りに落ちて、浅い眠りの中、何度も夢を見る。とりわけ記憶に残る、という か何度も見ているのは、穴を掘る夢だった。暗い森の中で、三島は穴を掘っている。与えられているのはおもちゃみたいに小さなスコップだけで、三島は地べたに膝《ひざ》をつき、湿った腐葉土《ふようど》を掘りつづける。不思議なのは、そういう姿の自分を第三者として見ていることだ。地面を掘っているのは間違いなく三島自身なのに、その光景は遠くにある。従って、穴がどのくらいの深さなのかも判《わか》らなかったし、何のために掘っているのかも判らなかった。

その日は、穴を掘る夢と、てんぷらを食べてお腹《なか》を壊す夢と、自分には実は本当の父親が別にいて、その人の葬式で泣き喚《わめ》く夢だった。目が覚めてから、せめて「本物の、三島ではない父親」がいるという幸せな夢だったら、もう少し違う夢を見させてほしかったと思った。いきなり殺さなくても。

昼の二時を回っていたので、もう食堂の料理は下げられている。冷蔵庫を開けてチキンドリアを取り出し、電子レンジで温めて食べた。もうすぐ都岡が戻ってくる。夜の間の身を切られるような孤独は昼間の明るさに紛れているので、都岡を嫌いだと思ったことも、矢咲が死ねば良いと思ったことも、ひととき忘れることができていた。都岡とも笑いながら話ができる。嫌いだなんて思ったことが嘘《うそ》みたいに思える。事実、扉を開けてただいまと言う都岡を見て、三島の心はほろほろと溶ける。

「あ、チキンドリア。私のなのに」

「だって食堂はランチ終わってるし」

まだ半分くらい残っている皿を三島が差し出すと、都岡は笑いながら、全部食べて良いよ、と言った。人を憎んでも、刺されてるんじゃないかと思うほど胸が痛くても、お腹は空く。都岡の好意に甘え、三島は残りのチキンドリアもたいらげた。

三島の憔悴《しょうすい》は日増しに色濃くなってゆき、とうとう都岡の作ったお菓子まで食べなくなった。自分の殻に閉じこもったとき、何を食べなくても都岡が作ったものだったら食べていたのに、今は逆に都岡の作ったものには手をつけず、都岡が非常食用に買ってあった、レトルトやジャンクフードばかりを口にしている。目に見えて肌が荒れ、髪の毛にツヤがなくなった。

不謹慎ながらその変化を見て、食べるものには気をつけよう、と都岡は思う。

当然のように授業に行かない三島を一人部屋に残し、都岡は薄い教科書を持って、校舎群へ向かうバスへ乗り込む。綺麗《きれい》な髪ね。そんな幻聴が聞こえ、うしろを振り返るが小津の姿はなかった。

夜中に矢咲が喫煙所に行かなくなってから、都岡も矢咲と小津の部屋に行かなくなっていた。部屋から出てゆくのは三島だけだ。おそらくあの様子では、階段を上ることすら辛《つら》くなっているだろう。それでも毎晩出てゆく。そして明け方亡霊みたいになって帰ってくる。三島をそんな状態にした矢咲を憎いと思うことで、気持ちの整理をつけようとしてみたものの、前に食堂で話したときに気付いた、意外と頼りない背中を思い出せば、整理もつかなかった。

授業は体育や調理実習以外、ほとんどがサテライトである。無人授業はときどき教室に誰もいなかったりして、最初のうちは恐かったけれどじきに慣れた。男の人の声を聴くのは、授業のときだけだ。その日に出た英会話の授業は、五十人は入りそうな教室で都岡のほかに二人しか学生がいなかった。毎週都岡はこの授業に出ている。都岡にとって英語の授業を聴く必要などまるでないが、講師の白人男性の声が父の声によく似ているのだ。出身も近いらしく訛《なま》りも同じで、都岡は目を瞑《つむ》り、父がジョンだのメアリーだのと会話している様子を思いながら声を聴く。

一時間半の授業ののち、教室にいた三人は互いに言葉を交わすこともなくそれぞれの場所へと帰ってゆく。一番あとに教室を出た都岡は、白く長い廊下の向こうに小津の姿を見付けた。目を凝らして見ても横に矢咲の姿はない。反射的に走り出して名前を呼ぶと小津は振り向いたが、その顔を見て都岡は驚いた。三島みたいになっていた。元気、と尋ねることも憚《はばか》られ、向かいに立った都岡は黙って小津の顔を見つめる。

「どうしたの、何か付いてる？」

「ううん、瘦《や》せたね」

「そうかも。そう言えばあんまり食べてない」

「お昼まだなら食べに行こう」

 もわもわと心の中に広がる不安を押し留《とど》め、都岡は小津の腕を取り、引いた。

校舎群の真ん中にあるホール脇《わき》のベーカリーカフェでクロックムッシュとアスパラのサラダを買い、テーブルに戻る。広いわりに、授業を行う教室と同じく人はまばらだ。小津はランチョンミートのサンドイッチとコーヒーを持って戻ってきた。向かい合って座り、窓の外を見る。

「三島は元気?」

矢咲は元気? と尋ねようとした都岡よりも先に小津が尋ねた。

「あんまり。矢咲は?」

「普通。何も変わったことはないよ」

平坦《へいたん》な声に、嘘だろうな、と思う。踏み込むことができないのは知っているけれど、もどかしさに横っ面を引《ひ》っ叩《ぱた》きたくなる。

「お母さんから荷物は届いてる?」

「ううん。だからもう貸せる雑誌がないの、ごめん」

「いや、そういう意味じゃないけど」

「欲しい服でもあった？」

「そうでもない」

言葉がなくなり、二人して黙々とサンドイッチを咀嚼《そしゃく》する。小津もきちんと千切って噛《か》んで飲み込んでいるので、食べられないわけではなさそうだ。少しほっとした。全て食べ終え、都岡は鞄《かばん》から水のペットボトルを出してごくごくと飲んだ。小津も冷めたコーヒーを啜《すす》る。話したいことはたくさんあったはずなのに、少し会わないうちに変わってしまった外見のせいで、否《いや》、おそらくいつか感じた、おかしくなっている感じが顕著になってきているのだろう。それで、今までのように話せない。

「……何が原因？」

言葉が漏れた。聞き逃してくれていることを願ったが、原因って、と小津が尋ね返してきたので、溜息《ためいき》をひとつついてから、都岡は尋ねなおした。

「あなた、矢咲が熱出したあとあたりから、なんか変になった。その原因は何？」

「…………」

「私、あなたと仲良くなれたんだと思ってた。だから」

「リルファンじゃなく、小津としてそう思ってくれたなら嬉《うれ》しい。でも私は変になってるわけじゃないよ。大丈夫」

見た目は以前と変わらない笑顔に、ほつれゆく糸の行方を思う。小津が席を立たないので、都岡も席を立たず、煙草に火をつける眉間《みけん》の皺《しわ》を見つめた。何が原因？　心の中で再度問い掛けた言葉を聞き取ったかのように、小津は口を開いた。

「私ね、小さいときに成長しすぎたから、もうこれ以上大人になることはないと思ってた」

「うん」

「寂しいとか悲しいとか、あんまり考えたことなかったんだけど」

「うん」

「私個人の寂しさや悲しさなんて、戦争をしてる国だとか、飢饉《ききん》で苦しんでる国の人たちの辛い気持ちに較べたら、ミジンコみたいなものだって、いつでもそう考えてたのね」

「うん」

「でも誰もがそう考えているわけじゃなくて、寂しいとか悲しいとか、そういうミジンコみたいなことで死にそうになる人もいて、私は残念ながらそれを受け入れることができないの」

　ゆっくりと、絞り出すような低い声で小津はそこまで言って、深呼吸してからコーヒーを啜った。三島のことか、と尋ねようとしたら小津が言葉をつづけたので、都岡は黙る。

「私の母は華やかな世界の人で、でも売れるまでも、売れてからも、そこからどうやって更に上に成り上がるかだけを考えてる人だった。それはそれで正しいと思う。邪魔になったら切り捨てる勇気って、ある意味一番必要なことだと思うのね。私は切り捨てられたけど、でも、私には切り捨てる勇気がなくて、こんな年になっても、まだお母さんと一緒に暮らしたいと思うの。自分で考えることが恐くて、お母さんの言うことだけを聞いて暮らしていたいの」

　三島のことじゃない。自分のことか。震える指で小津は煙草を揉《も》み消し、続けてもう一本咥《くわ》えて火をつけた。そしてはっと気付いたように都岡の顔を見て、申し訳なさそうに笑う。

「都岡がお母さんに会えないっていうのに、私ったら、こんな話をしてごめん。何を言ってるんだろうね」

「いや、構わないけど」

今の話は結果であって原因じゃない。そしてその話は、本当にお母さんに対してのことなの？　他の誰かではなくて？

声は声にならず、身体《からだ》の底に落ちる。

お手洗いの帰り、螺旋階段《らせんかいだん》の手すりからふと階下を見おろしたら、小津と都岡が同時に帰ってくるのが見えた。三島は部屋に戻り、毛布を被《かぶ》って部屋の扉が開くのを待つ。しばらくしてから足音が聞こえ、扉が開く。ただいま、という都岡の声と、教科書を机に放り投げる音。そして冷凍庫を開けて溜息をつくのが聞こえた。

「三島、アイスばっか食べてたらお腹壊すよ」

「……もう壊した」

「メディカルセンターに連絡する？」

「やだ」

ベッドの端が軋《きし》む。都岡がベッドに座り、毛布を捲《めく》ろうとするので三島は反射的に反対側に引っ張った。

「三島、大丈夫？」

いつもと変わらない心配そうな声に、三島は唇を噛み締める。優しくしないでよ偽善者、さっきまで小津と一緒にいたくせに。不愉快な気持ちが胃のあたりでもくもくと大きくなり、それを爆発させるように、一気に毛布を取った。

「おはよう」

横にいると思った都岡は既にベッドから立ち上がっていて、ポットに紅茶を淹《い》れているところだった。あれほど苛立《いらだ》っていたのに、綺麗な都岡の顔をみるとやはり苛立ちは薄れた。それでも、小津と一緒にいたことが許せない。くしゃくしゃの寝間着のまま裸足《はだし》で床に降りて、テーブルでカップをセットしている都岡の腕を掴《つか》んだ。

「……何を話してたの」

「小津と？　病気の話」

「何の病気？」

「三島と同じ」

何か自分が病気をしていたか、一瞬考えた。お腹を壊すのは病気じゃないし、もし三島と同じようにお腹を壊していたら、授業に出ることなんかできないだろう。

「はぐらかさないで」

「はぐらかしてなんかないよ、ねえ三島、離してくれないと紅茶が飲めない」

腕を離すと、爪《つめ》の食い込んだ痕《あと》がついていた。少しだけ申し訳なく思う。

「小津、病気なの？」

「いや、もしかしたら私のほうがおかしいのかもしれない」

また曖昧《あいまい》なことを言って、都岡はティーカップのひとつに砂糖を三つ入れ、ソーサーに乗せたそれを三島に手渡した。そして尋ねる。

「三島、お父さんやお母さんに会えなくて寂しい？」

「あんなクソジジイ、会いたいとも思わない。都岡がいれば良い」

三島が吐き捨てるようにそう言うと都岡は困ったように微笑《ほほえ》んだ。その顔にいろいろなものを見透かされているような感じがして、三島は目を逸《そ》らす。何があったの。何を話したの。どうして私にそれを話してくれないの。以前だったらこんなに不安になることはなかったのに、都岡は三島の一部だったのに、今このときは、まるで別人のように見える。都岡の淹れた紅茶はとても甘い。ジンジャースパイスを入れてくれていたようで、冷えた胃の中で豆炭《まめたん》のようにじんわりと温かくなった。

都岡は、と三島は尋ねた。都岡はお母さんたちに会いたいの？　その問いに都岡はぼんやりと外を見つめたまま答える。

「私、どうでも良いの。とても感情が薄いみたいで、三島みたいに人に対して怒ったり、憎んだり、好きになったりできなくて、父親に会わなくても平気だし、母親に会ってみたいとも、それほどは思わない」

最近夢の中で穴を掘っているのは、もしかして都岡かもしれない、と三島は漠然と思う。ずいぶん小さな頃から見つづけていた夢なので、最初のうちは確実にその穴を掘っているのは三島だった。けれど近頃は、同じ森の中でも掘る穴の位置が違うし、三島は第三者としてその光景を見ている。いつの間に、穴を掘っている人が入れ替わったのだろう。もし穴を掘っているのが三島ではなかったら、次は声をかけよう。

ねえ、その穴に腕を突っ込んだら、何かを摑める？

もっと深く掘らないと、何も摑めない。いるのは冬眠中のヘビくらい。

ヘビに絡まって穴の中に引きずり込まれないようにね。


ピアノを弾きにゆく、と都岡は部屋を出て行った。三島も一緒に行こう、と言われたけれど断った。再びベッドの上に寝転がり、ピアノを弾く都岡の姿を思い浮かべる。頭の中にいる都岡は高校の制服を着ている。音大を受けることができない、と知ってからも都岡は放課後の誰もいない音楽室で、いつもピアノを弾いていた。柔かく優しいはずのアラベスクのメロディは底知れぬ悲しみを帯びていて、そのときは彼女が音大へ行けない原因が三島であるとは思いもしなかった。

少し前に気付いた。三島はただ音大に行くだけの財力がないから音大に行かなかったのだと思っていたし、実際都岡もそのような感じのことを匂わせていたけど、考えれば学費の援助など三島が頼めば家からいくらでも出せるわけだし、どう考えてもお金の問題じゃない。

都岡と一緒じゃなきゃ岬の大学なんか行かない。集団生活という拘束から逃れたくて、いつか三島はそう言った。都岡は困った顔をしていた。しかし結局、それじゃあ私も三島と一緒の学校に行く、と言ってくれたのだ。そんなただの我儘《わがまま》のために都岡は夢を断念せざるを得なかったのに、不満などひとつも漏らさず、都岡は変わらずにいてくれた。

ごめんなさい、という言葉がひどく恥ずかしくて、口に出したら泣いてしまいそうで、絶対に言うもんかと思う。すべて都岡が独自で判断したことだと、一緒に行くと言ってくれたのだからそれを信じる。

ピアノを弾く都岡の姿は、いつかの矢咲の姿に変わっていた。なんとなく照れくさそうに三島の前で鍵盤《けんばん》を叩《たた》く矢咲の姿は、なんだか懐かしいもののように周りに紗《しゃ》がかかっている。黒川さくらが死んだと知らせてから、矢咲はピアノを弾いているのだろうか。生きていてくれればそれで良い、という希望が絶望に変わったあとも、変わらずに黒川さくらに捧《ささ》げるようにしてピアノを弾けるのだろうか。

頭の中では三島の知っている人たちがぐるぐると回って、順繰りにピアノを弾く。都岡、矢咲、母親、父親、小津、そして顔も知らぬ黒川さくら。てんでバラバラなその旋律はいつしかひとつのメロディを紡ぎだし、三島はその美しさに指を痙攣《けいれん》させた。

神様、私はいつまでも良い子でいたいのに。


シューマンの楽譜を持って、都岡はひとり螺旋階段を下る。また今日も雨が降り始めていて、周波数の合わないラジオのような音が筒状の建物の中をハウリングしていた。重い音楽室の扉を押し開けて、今自分がまさに触れようとしていたピアノの前に、信じられないものを見た。

薄暗い部屋の中、寄り添う、否、それ以上に近く身体を寄せ合う矢咲と小津の姿は、小津が都岡を見止《みと》めたとたん、弾《はじ》けたように離れた。でも矢咲の手は小津の手首を摑み、それ以上二人は離れられない。言い争っているような様子ではなかった。むしろ枯れかけた蘭《らん》の香りに似た濃密な空気が澱《おり》のように流れてくる。息が詰まる。縋《すが》るような小津の視線から身体を背け、再び都岡は扉の外に出た。

……誰だ、あれは。

内側で誰かがもがいているような心臓を押さえつけ、都岡はふらつく足で食堂へ向かった。入り口近くの席で、二人の女の子が鈴の音のような声で笑い合っている。その席から一番遠いビュッフェ側の席の椅子《いす》を引き、座り、テーブルに額を付けた。思い出すな、と言い聞かせても、音楽室から漏れ出した空気は都岡のあとを追うように食堂まで流れ込んできて、足元からゆっくりと身体を這い上がってくる。

リルファンじゃなく、小津としてそう思ってくれたなら嬉しい。

つい数時間前、あなたと仲良くなれたんだと思ってた、という都岡の言葉に小津は答えた。その言葉に都岡は頷《うなず》いたはずだ。しかし今心の中に広がってゆくこの感情は、失望に似ていた。リルファンはそんなことをしない。彼女はいつも一人、その細い足で風にも雨にも誘惑にもよろめきもせずに立っていたはずだ。そういう孤高とも言える彼女が、どうして他人に支えられなければならないのか。

雨の音の中、二人分の足音が聞こえてくるのを待つ。あと十五分遅ければ、そんな二人を見ないで済んだだろうか。それとももっとひどいものを見る羽目になっただろうか。鈴の音が遠くになってゆく。

父と何人目かの秘書の情事を垣間見《かいまみ》た、かつての記憶にも似ている夢を見ていたら、三島の手に揺り起こされた。

「ピアノ弾いてると思ったのに、何してるの」

三島は寝間着からアイロンのかかったワンピースに着替え、髪の毛も整えていた。こんなにきちんとした三島を見るのは久しぶりで、都岡は一瞬これは夢の続きなのかと思ったけれど、冷えた肩に三島の手のひらは温かくて、忘れてしまいたい記憶の穴の中から助け出された気分だった。

「音楽室覗《のぞ》いた？」

「うん。誰もいなかったからどこに行ったのかと思った」

もう二人はいなくなったのか。もしあの光景を三島が見たとしたら、想像したくない事態になっていた。その点に関しては、早々にいなくなった二人に感謝する。

「ピアノを使ってる人がいて、待ってたの」

「こんな時間まで？　なんで替わってって言わないの？」

「待ってる間に寝てた」

「寝すぎだよ」

三島が腕時計を見せてくる。もう夕方を指していた。改めて周りを見渡すと、食堂はビュッフェの用意を始めていて、トマトソースとにんにくの良い匂いが漂っていた。昼間のサンドイッチがまだ消化しきれていないというか、先ほど見た光景のおかげで全部戻ってきそうな予感がしたが、にんにくの匂いは食欲をそそる。

「ピアノ、弾かないの？」

「食事の時間まで弾く」

都岡は立ち上がり、楽譜を取った。三島も一緒に行く？　と尋ねようとしたら、先に三島が口を開いた。

「私ね、都岡のピアノ好きだよ」

「……ありがとう」

「ずっと、都岡のピアノを聴いて、どうしてあんなに上手に弾けるんだろうって思ってて、でもそれは都岡が一生懸命練習してるからなんだよね」

「どうしたの、いきなり」

三島は口を噤《つぐ》み、都岡の手を摑んだ。そして、その恰好《かっこう》のまま目から涙を溢《あふ》れさせた。

「どうしたの、三島」

都岡は持っていた楽譜を再びテーブルの上に置き、小さな三島の肩を抱く。嗚咽《おえつ》を漏らす三島の気持ちが判らなくて都岡は困惑した。それでも肩を震わす三島は寒さに凍える子供みたいで、都岡はその背中に腕を回し、ぎゅっと抱きしめる。

ああ、たぶんこの程度のことだ。

矢咲と小津の姿を思い出す。きっとあれは今の自分と三島みたいなものなのだろう。耐えることのできない悲しさとか寂しさに潰《つぶ》れそうになって、手を差し伸べた先に誰かがいただけだ。くちづけを交わしていたように見えたのだとしても、それは何かの見間違いか気のせいだ。

終息の断崖

満月の美しい晴れた晩に矢咲は、三島が送ってよこした手紙を小さく千切って窓から捨てた。雪のようにそれはゆっくりと光を反射させながら、地へと落ちていった。

あの二日にわたる高熱は、さくらがその場に来ていたのだと、そして連れてゆこうとしていたのだと思うようになった。死んだのは事実だろう。確認する術《すべ》を持たない矢咲は、そう思うほかなかった。冷えた指先で首を絞められ、口の中に雨で湿った泥のような舌を詰め込まれた。いつからここにいたの、さくら。いつから私が気付くのを待っていたの。さくらの幻影は悲しげな顔をしているだけで、答えない。

あの晩、現実と矢咲を結んでいたのは、小津だけだった。小津はうなされる矢咲の手を握り、水差しで水を飲ませ、ときおり矢咲、と名前を呼んだ。それがただの彼女なりの優しさであり、自分に対する愛情だなどと錯覚するほど幼いつもりはなかった。

手を取る。くちづけを交わす。絶望し、死を望む。同じあやまちを繰り返せば、誰かがまた不幸になる。

そのあやまちを、懲りもせずに繰り返すつもりか。


最初に小津は、さくらって誰、と尋ねた。雨の晩だった。高校の同級生、と矢咲は答えた。それ以上、小津は尋ねてこなかった。だから矢咲も話すつもりはなかった。

出窓の窓際に白い貝の灰皿が置かれてから、四階の七号室の空気は濃密になり、いつしかその貝の白い色が純白に見えるほどの色と匂《にお》いを持つようになった。吸殻が溜《た》まる。ゴミ箱に捨てる。そしてまた吸殻が溜まり、ゴミ箱に捨てる。そうして吸殻の量が増えてゆくのと同じような速さで、小津への気持ちの距離は縮まった。

実際、距離が縮まってみれば、矢咲の心を蝕《むしば》む者は三島ではなく小津だった。やられた、と思う。小津は矢咲が苦しまないよう、三島から距離を置けるよう、いつも一緒にいた。気持ちを面《おもて》に出さないように注意して生きてきたとしか思えない小津が、気持ちを面に出すようになったのはその頃だが、おそらくそれは小津が変わったのではなく、矢咲が読み取る術を得ただけだと思う。

次に小津は、さくらってどんな子だったの、と尋ねた。部屋の窓から月の見える晴れた晩だった。見た目は三島に似ていた、と矢咲は答えた。そこで終わるかと思った問答は、意外にも長い間続いた。

高校はどんなところだったの？　さくらに制服は似合っていた？　同じ制服を着て、どんなことを話していたの？　どのくらい仲が良かったの？　誰よりも仲が良かったの？　どうしてあなたはその人の夢を見て、うなされるの？

小津は、矢咲とさくらの心中未遂という小さな事件を知らない人種だった。

長い話になる、と前置きをして、ゆっくりと、言葉を選び途切らせながら全てを話した。話の最中に部屋の窓から月が消え、弱い雨が降り出し、空が薄く白んだ。話を終えてから小津は、悲しかったんだね、と言った。矢咲の手を冷えた手で包み込み、あなたもさくらも、同じくらい悲しかったんだね、と繰り返した。夜明けの涙腺《るいせん》は緩く、矢咲は泣いた。小津は矢咲の髪を撫《な》で、指先で涙に濡《ぬ》れた頬《ほお》を拭《ぬぐ》った。先に唇を触れたのは小津だった。泣いたために火照った額に、冷たくて柔かいものが触れ、それが指先ではなく唇であることを理解するまでしばらくかかった。

小津、と困惑した声で名前を呼ぶ前に、そっと唇を塞《ふさ》がれた。ひんやりと、皮膚の薄い唇の感触はなにかの花びらに似ていて、矢咲は花の匂いに酔うように目を閉じる。

雨は降り止《や》まず、吐息の音さえも押し隠す。さくらと死ぬことを決めた日も、雨が降っていた。ねえ最後に実の弾くピアノが聴きたい。薬を胃の中に詰め込み、朦朧《もうろう》としてゆく意識の中でさくらは言った。矢咲は早朝の薄暗い音楽室で、グランドピアノの蓋《ふた》を開け、鍵盤《けんばん》に指を置いて、何かを弾いた。そのあと、白い鍵盤に飛沫《しぶき》のように散った真っ赤な血を見たことは憶えている。そしてそれきりさくらは消えた。

生きていてくれさえすれば良いと思っていた。

小津の首のうしろに手を回したら、少しだけ小津は抵抗する素振りを見せたが、結局は矢咲のなすがままになる。首筋は脈打っている。忘れることはできない。前進することもできない。ここで小津に生きる意味を求めても、小津がこの学校に入学しているという事実がある限り、三島やさくらと同じ道をゆくことは目に見えている。

それでも良いの。

自らに問いかけた言葉に対して答えは出ないのに、神様の許しのように小津は優しく矢咲の頭を撫で、私が傍《そば》にいるから、と小さな声で言った。

ブックストアでUS版VOGUEを捲《めく》っていたら、小津はその中にファンヨーのインタビュー記事を見付けた。久しぶりに見る母親の顔だった。十四で小津が日本に帰国してから、彼女はすぐにアメリカで知り合った男と再婚した。父親に引き取られた小津は高校卒業間近に、父親の再婚という理由で、父にも母にも要らない子供になった。母親は情けをかけているのかなんだか判《わか》らないけれど、毎シーズン服を送ってきてくれる。父は新しい妻には内緒で学費を出してくれている。アメリカでは離婚再婚を繰り返す大人がたくさんいて、離婚後も母や父と仲良くしている子供が多かった。そういう偽物《にせもの》の自由みたいなものに憧《あこが》れているところがあるのだろう。所詮《しょせん》はアジア人なのに、小津にしたらその行為や意識はひどくばかげたものに見えた。偽物じみた情けをかけるのならば、最初から離婚などしなければ良い。子供など産まなければ良い。

誌面のファンヨーは当然のごとく、小津が慣れ親しんだ顔よりもいくらか老けていた。撮影場所はホテルのプールかどこかだろう。背面には作り物みたいな青い空に白い雲が浮かんでいた。活動場所をニューヨークから遂《つい》にパリに移す、という記念の記事だ。成功者にしか作れない満面の笑顔に、小津は苦々しいものを感じる。ねえ、そこの空気は乾いてますか。空は青いですか。あなたは今少しでも娘のことを思い出すことがあるのですか。

日本という国が自分に合っているとは思わないが、いるべきところがここしかないのだから、小津は誌面から顔を上げ、どんよりと暗い曇り空を窓ガラス越しに眺める。

見知った顔が歩いて来て、小津に気付くと横の扉を開けて入ってきた。

「珍しい、今日はひとりなんだ」

三島は傘立てに傘を突っ込みながら、皮肉のこもった声で言った。

「あなたこそ」

「都岡が授業に行ってるの」

「あなたも行けば良いのに」

「どうせ父親の奴隷になるんだから、勉強なんて必要ない」

三島の言葉に、小津はいつか都岡が、自分は三島の奴隷だ、と言っていたことを思い出す。三島が奴隷なら都岡は奴隷の奴隷なわけで、ものすごい最下層だ。

小津は手に持っていた雑誌を戻し、三島をそこに残して店を出ようとした。すると三島に腕を摑《つか》まれた。

「なに？」

「矢咲は元気？」

「あなたに関係があるの？」

憮然《ぶぜん》とした表情で三島はゆっくりと手を離す。小津はそのまま傘立てから自分の黒い傘を取り出し、店を出た。

さくらは三島に似ていた、という言葉が歯に挟まった鶏肉みたいに気持ち悪かった。嫉妬《しっと》であることを認めるのは、自分の今まで生きてきた過程を全て否定することに似ている。三島を、一時期でも矢咲は必要としていた。でなければあんなに頻繁に喫煙所には通わなかったはずだ。三島と自分は似ても似つかない。今矢咲が一番必要としているのは、三島ではなく小津であることは間違いないのに、いつかまた、さくらに似ている三島が一番だと思ってしまうかもしれない。それが恐い。

相手をつなぎとめておく術を学ばなかった。日本に戻れ、と言われたときにイヤだと泣き叫べば、もしかして今も自分はファンヨーの娘として一緒に暮らすことができていたのかもしれない。陸の孤島に似た学校に入学させられたとき、こんなところ耐えられない、と助けを求めれば、父は呼び戻してくれていたのかもしれない。けれど全て受け入れたのは自分で、後悔はしていないし、する予定もない。

あれだけ露骨に避けられているというのに、元気、などと問える三島の神経を疑うとともに、羨《うらや》ましくも思った。

バスに乗り、寮の前で降りると雨が降り出していた。重い足取りで階段を上り、部屋の扉を開けたら矢咲が窓際で本を読んでいて、小津に気付くとおかえり、と笑顔で迎える。優しげなその笑顔に感じるものは、なぜかその向こう側に見える暗闇《くらやみ》だけで、小津は泣き出しそうになった。たぶん泣き方も忘れているのに。

「何か美味《おい》しそうなものあった？」

机の上に置いた紙袋からアーティチョークのピクルスを取り出して見せると、矢咲は露骨に嫌そうな顔をする。

「矢咲は食べなくて良いよ。私が一人で食べるんだから」

「においがイヤなんだよね」

紙袋の中を漁《あさ》り、矢咲はベーグルとピーナツバターを取り出し、がさごそと包みを破いた。そして不服そうな顔をしている小津に気付くと手を止め、小津の頬を撫でた。

……やめて　やめて　やめて　やめて
「頑張って食べられるようになるから、そんな顔しないで」

触らないで　近寄らないで　微笑《ほほえ》まないで　私を不安にさせないで
鳥肌の立つような思いとは裏腹に、小津は矢咲の腕に凭《もた》れかかり、頬にくちづけを受ける。爪先《つまさき》までが甘く痺《しび》れ、目を瞑《つむ》り背中に腕を回す。

身体《からだ》の中でチリチリと燃えるような音を立てて崩れてゆくものが何なのか判らない。人を大切だと思って、一緒にいたいと思うことが、これほどの苦痛を伴うものだとは思わなかった。

苦痛に対しての涙は出ない。けれども胸の中に暗い洞《うろ》ができ、ひたひたと海水が満ちていた。暗い天井に響く音が虚《むな》しくて、耳を覆う。暗い洞の奥は闇が深すぎて正視できない。向こう側に出口はあるのだろうか。


窓から吹き込んでくる風に、蠟燭《ろうそく》の灯《あか》りが揺れる。透明なフィンガーボウルに水を張り、その上に浮かべているロータスの形をした蠟燭だ。

初めは硬そうに見えた小津の身体は、矢咲が想像していた以上に滑らかで、肌を重ねるごとに若い白樺《しらかば》の枝のようによく撓《しな》るようになった。最初は強張《こわば》らせていた表情も、髪を撫で、優しく言葉をかけてやると雪が溶けるように柔かみのあるものに変わってゆく。

鳥籠《とりかご》の枠組みのように浮き上がったあばらが、揺れる蠟燭の灯りに陰影を作り美しい。節々に盛り上がった小さな球体に似た骨の突起も、ひとつの人体を人外たらしめており、動くマネキンとして生きてきた人間の身体は、これほどにも禁欲的に無機質なものなのかと矢咲は感嘆の溜息《ためいき》を漏らした。

象牙色《ぞうげいろ》の肌からは仄《ほの》かにジャスミンの匂いがした。指先で、浮き上がる鳥籠の枠を薄い肌の上から撫でると、中で美しい声をした小さな鳥が震えるようにさえずる。あまりそのあえかなさえずりばかりを聴こうとしていると、ピシャリと手の甲を叩《たた》かれる。

矢咲の脚や腰に絡み付いてくる小津の脚や腕は、しなやかに冷たく、見た目どおり血が通っていないように感じた。もし血が通っていたとしても、きっとそれは無色透明で水のように冷たいのだろう。だとしたら、矢咲の指先に触れる、脚の間から溢《あふ》れているこの生温かな液体は、小津の身体に流れる血液のなれの果てかもしれない。

「矢咲」

掠《かす》れた吐息と共に、血液の溢れる穴の中に突き立てようとした指先を、冷たい指が絡める。

「なあに」

「どこにも行かない？」

「行かないよ」

「矢咲は私を必要？」

「必要だよ」

「本当に？」

本当に。と答え、何を小津はそんなに怯《おび》えているのだろうと思う。透明な血液の満ちた窪《くぼ》みの奥に指を突き立てても、その中に答えは何もない。細く高い悲鳴のような喘《あえ》ぎ声と共に、弓なりになる小津の身体はその一瞬一瞬を全て保存しておきたいほど美しく、迂闊《うかつ》に触れてはいけないもののような気がした。この身体は抱くものじゃない、観賞するものだ。それでも小津の身体は矢咲の身体に絡みつき、身体中の隙間《すきま》を埋めるように求める。

隙間を満たせば、鳥籠の中で小鳥が鳴く。

鳴き声は寂しく、悲しく、胸の奥を摑み上げられるほど切ない。

その鳥籠の中に一緒に入って寂しさを紛らわせてあげたいけれど、どうしても指は届かないし、もし鳥籠の中に、既に死んだ小鳥の亡骸《なきがら》がうずたかく積み上げられていたら、と思うと恐くなる。

必要だって言ってよ

必要だよ

ああ、もう一度

小津が必要だよ

ピンク色のロータスは熱で花芯《かしん》を溶かし、温《ぬる》くなった水の上で静かに崩れゆく。

暦は十月も半ばになっていた。以前小津からもらったジャケットが良い具合に馴染《なじ》む季節だ。特に好きな食べ物がないと言っていた小津が、ダウンタウンのカフェで始まった和栗《わぐり》のモンブランにだけ異常な執着を示していたので、小津が授業を終えてからほぼ毎日、ダウンタウンに向かうことになっていた。

「モンブランて天才だと思う」

「いや、モンブランは山の名前だから」

「……モンブランを発明した人は天才だと思う」

そういう名前の万年筆メーカーもあったな、と思いつつ、ものすごい勢いで目の前のケーキを口の中に収めている小津を、なんだか微笑ましい気持ちで眺める。銀紙だけ残して皿を空にし、小津はコーヒーを口に含み、幸せそうな溜息をついた。窓際の席からガラス越しに見える灰色っぽい街路樹は、既に葉の先だけくすんだ黄金色に色づき始めていた。冬はどのくらい寒いんだろう、と不安げに小津は温かなコーヒーマグを両手に抱える。どうだろうね、と矢咲は答える。

矢咲が元々住んでいた東京の街には滅多に雪が降らない。ホワイトクリスマスなんて夢みたいな話で、近所のケーキ屋のディスプレイにはクリスマスシーズン、白い綿とスプレーで偽物の雪が演出されていた。そのケーキ屋に、とても美味しいモンブランがあったことを思い出す。マロンペーストがほろりと舌のうえで溶け、バターとクリームの香りが控えめに口の中に広がる。甘いものが苦手な矢咲でも当時はふたつくらい余裕で食べられた。

いつか一緒に食べよう。

そう言おうとして、矢咲は言葉を飲み込んだ。目の前で小津は、もうひとつオーダーするかどうか悩んでいる。食べても太らないらしいが、食べ過ぎると気持ち悪くなるのだそうだ。

おまえは、できもしない約束を、またするのか。

耳元でさくらが囁《ささや》いたように聞こえた。

その手のひらに、まだ人並みの幸せを摑めるとでも思っているのか。

「……やっぱり食べよう」

小津はそう言って席を立ち、カウンターに追加を注文しにゆく。そのうしろ姿は慣れ親しんだ小津でしかないはずなのに、白いドレスを着せられたさくらに見える。振り返るな、こっちを見るな、そう願っても虚しく、さくらは容赦なく矢咲のほうを振り返る。

「あなたもコーヒーのおかわりいる？」

初めて海に行ったとき、小津に、全ては世の中のせいである、という他力本願もしくは他人に丸投げの理論を説明した。そう思わなければやりきれなかったからだ。数ヶ月前の春、タクシーを降りて寮の前に立ち、そびえる丸い塔を見上げ、果てしのない絶望とともに、窓を開けて髪の毛を下ろしてくれる娘がいないか待った。崖《がけ》に打ち付ける波の音は時計の秒針のように規則正しく聞こえてくる。誰か、いないの。

このままじゃ黒川さんに殺されるから、実《みのる》は逃げなさい。

両親はそう言って急遽《きゅうきょ》高校を転校させた。大学も、行きたかった考古学研究室を諦《あきら》めてこんなところに来ることになった。さくらさえいなければこんなことにはならなかったのに、という思いは心の片隅に、溶けきらないキャラメルみたいにこびりついていたけれど、恨むことなどできない。本当に好きだったし、生涯一緒にいられると本気で思っていた。あれから一年と少ししか経っていないのに、あのときと同じように、どうしようもなく人を求める自分の心に矢咲は驚く。

いつか、は、ない。

私たちには、今、しかない。

目の前に、湯気の立つ新しいコーヒーマグが差し出される。

「ぼーっとして、どうしたの」

小津はケーキの皿を持って不安げに尋ねる。

「ちょっと、気持ち悪いかも」

「うそ、トゥゴーにしてもらうからちょっと待ってて」

気持ち悪いなんて嘘《うそ》だ。とにかく小津と触れ合っていなければ、そのうちするりとどこかに消えてしまうような気がした。抱き合わなければ。指先から溶けてひとつになるくらいまで、強く固く抱き合わなければ。

もしも私たちに、「今」及び「ここ」以外の世界が与えられるとしたら、その世界の先でも小津と、一緒にいることができるだろうか。「いつか」はこのままでは、存在しないけれども、ふとしたことをきっかけとして、摑むことはできるかもしれない。そのきっかけを見付けたときは、小津の手を引いてゆこう、と矢咲は思う。きっと小津も、手を握り返してくれるだろう。


女の恋心をアーティチョークに喩《たと》えたのは誰だっけ。

小津は裸のままベッドの上に胡座《あぐら》をかき、瓶に直接指を突っ込んでピクルスを貪《むさぼ》る。

思い出せないけど、わりとどうでも良い。暗い部屋には、矢咲の寝息だけが聞こえる。雨は止んで、風もなく海も静かだ。

　瓶が空になったので、キャビネットの中からもうひとつ同じ物を取り出し、蓋を開ける。ぽん、という音が響いても矢咲は気付かない。部屋の中にはすっぱい匂いが充満していた。いくら胃に食べ物を詰め込んでも、身体が満たされない。もはやモンブランも味がしない。アーティチョークを口に運ぶ。嚙《か》み砕く。飲み下す。いっそ吐くことができれば良いのに。

　いつか、音楽室で矢咲とくちづけを交わしているところを、都岡に見られた。蔑《さげす》むような、恐ろしいものを見るような色素の薄い瞳《ひとみ》が、瞼《まぶた》の裏に鮮明に蘇《よみがえ》る。リルファンはかつて彼女の偶像だった。偶像が生身の人間に成り下がったところを見るのは、さぞかし辛《つら》かっただろうと思う。仲良くなれたんだと思ってたって、都岡は言ってくれたのに。それは本当に嬉《うれ》しかったのに。どうして私はこんなところで、矢咲の寝顔を見ながらひとり、何かの穴を埋めるようにピクルスを貪っているのだろう。アーティチョークを女の恋心に喩えた人の名前よりも、そっちのほうが重大な問題だ。

　そうして日々が過ぎ、四階の七号室には一本の電話がかかってくる。小津がお手洗いから戻って扉を開けたら、矢咲がその電話を取っていた。受話器を耳にあてながら、矢咲は小津の姿を見止《みと》めると顔を強張らせた。そして、一言二言電話の向こうに言葉を投げかけたあと、受話器を戻す。湿気た沈黙。

内線か。だとしたら三島か。

小津は心の中に蟠《わだかま》るものを無視して、ベッドに放り出しておいた雑誌を手に取り、クッションに座り込む。そうすれば、うしろから矢咲がハグしてくれるはずだった。しかし背中はいつまで経っても温《ぬく》もりには遠く寂しく、後方から聞こえたのは、予想もしていない言葉だった。

東京に、戻ることになった。

…………

つい最近、

「どこにも行かない？」

って聞いたら

「行かないよ」

って、言ったのは誰だった？

いつの間にか、矢咲は「同じ部屋に住む人」から、「近しい人」になっていた。いつの間にか、というのは嘘で、あの日からだ。距離感が測れない、と思った日。どうすれば良いのか判らなかった。暗い穴の中に手を突っ込んで手探りで何かを探す気持ちで、探し当てるものを間違えないよう、慎重に指先を手繰《たぐ》った。

私といるのと、三島といるのと、どっちが良い。

海辺で暗にそう尋ねたとき、矢咲はあっけなく小津を選んだ。小津は手探りで最初のサムシングを見付けた。

さくらは、あなたに対して好きって言ったの。三島のことをどう思っているの。

これは尋ねることができなかった。尋ねてしまったら、矢咲のことを好きだと認めることになる。好きなものは、離れてゆく。手を離さないためには、好きにならないことが一番の良策だ。

身体を重ねたとき、小津は二番目のサムシングを見付けた。好きだと言わなくても、肌はそれをきっと語ってくれる。

三番目のサムシングは、時間をかければ見付けられる気がしていた。そのときには、きっと、小津自身では存在をどうしようもない、間を阻む壁のようなものもなくなってくれる気が、していた、のに。

　矢咲は追いかけてこなかった。

　断崖《だんがい》の階段を裸足《はだし》で駆け下りた夜の海辺は暗くて、水の近くなのに空気が乾いている。そして冷たい。遥《はる》か遠くの水面には、幽《かす》かに月明かりが落ちて揺れていた。

　人の心も、所詮はこんな温度でこんな湿度のものなのかもしれない。足の裏に触れる水の冷たさに思う。必要だと言ってくれたのに、きっと矢咲はひとりで東京に戻る。また会えるよ、という言葉に縋《すが》れるほど子供ではないし、縋ってしまったあとの心の痛さを思うと、架空の激痛にのたうちまわりそうになる。そもそも、切り捨てる勇気ってとても大切なこと、と自らの胸の奥に言い聞かせて、これまで生きてきた。母に帰国させられたときも、父にこの学校にやられたときも。そう言い聞かせ、絶望に蓋をして納得し、生きてきたのだ。どうということはない。ないはずなのに。

　こんな狭い世界にいるくせに、自らのことすら儘《まま》ならないという焦燥、絶望。民族紛争も人種差別もない世界に生きることを夢見ていても、個人はあまりに無力で、小さくて、結局自分のことしか考えられていない。その無力な個人であることに小津は自らを蔑む。

足元で波が寄せて返す音は、心臓の鼓動に似ている。風が耳の傍を吹き抜けてゆく音は誰かの呼吸に似ている。アメリカ人に生まれても、中国人に生まれても、日本人に生まれても、水に生まれても空気に生まれても、小さくても大きくても、きっと自分は同じ思いを繰り返すのだろう。

「お母さん」

答えのない呼びかけに、海だけが答える。

「矢咲」

求めても得られなかった人の名前に、風だけが答える。

「……誰か」

空を仰ぐと、七色に光る雲が月を隠す。星はなく、うっすらと地面に落ちていた月影も消え、辺りは漆黒《しっこく》に濡れた。

ねえ誰か。

誰でも良いから。

今、私がここに立っている意味を教えてくれませんか。

雨の塔

久しぶりの「秋晴れ」というに相応《ふさわ》しい昼下がり、授業から戻ってきて寮の前でバスを降りた都岡は、矢咲と顔を合わせた。一目で憔悴《しょうすい》している様子が見て取れたが、都岡の顔を見たら、画面を切り替えるかのごとくその表情はいつもの矢咲のものに変わる。あ、と言っている間にバスは行ってしまった。どうやらバスに乗る予定はなかったらしい。矢咲の手には赤いボストンバッグを括《くく》りつけたカートがあった。

「どこか行くの？」

もう十一月だ。夏のバケーションにしては遅すぎる。

「実家に戻るの」

なんでもないことのように、矢咲は言った。

「誰かのお葬式？」

「ううん、家に帰るの。もうここには戻ってこない」

やはりなんでもないことのように、矢咲は答える。都岡の頭がその言葉を理解するまで、五秒くらいかかった。そして理解したあとは、理由がなんであれ戻ることのできる矢咲に対して、強烈な嫉妬《しっと》が湧《わ》き上がってきた。

「……どうして」

「私がここにいる理由がなくなったから。別に戻って結婚するとかじゃないけどね」

声も笑顔も清々《すがすが》しい。都岡はそれが清々しければ清々しいほど、嫌な気持ちになる。そんな人の気も知らず、矢咲は能天気に尋ねる。

「都岡、実家どこ？」

「ＤＣの近く」

「都会だね。私は来月アトランタに行くの」

「黒川さくらの呪縛《じゅばく》からは解かれたってわけ？」

自分でも驚くほど、意地の悪い声が出た。矢咲は一瞬、都岡の顔を睨《にら》み付ける。しかしすぐに元通り笑い、そうだよ、と言った。

「黒川物産の社長が贈賄で逮捕されたんだって。今勾留中《こうりゅうちゅう》なの。所詮《しょせん》トップなんて、うしろ盾がなければ無力だから、もう私が戻っても平気だってお父さんから電話があったんだ。でね、お父さんが今度アトランタに事業展開するらしくて、現地視察で私も付いていくことになったの。来年からは現地のカレッジにも通える」

羨《うらや》ましいだろう、おまえには抜け出すことはできないだろう。そんなことを矢咲が言葉の裏で考えているように思えて、そんな考えに至った自分の心に都岡はぞっとする。矢咲は何も答えない都岡を前に、まだ能天気な声でお喋《しゃべ》りをつづけた。

「公取が動いてるらしくて、たぶんこのぶんだと芋づる式にもっとヤバい企業が出てくると思うよ。三島のお父さんはどこの人なの」

「知らない。身内には翁って呼ばれてる」

「ああ、もう贈収賄とか握りつぶせる立場の人なのか」

それがどういう立場の人なのかいまいち判《わか》らないので、都岡が答えないでいると、矢咲は腕時計を見た。タクシーを呼んであるのか。だとしたら自分はこのまま矢咲を見送る羽目になるのだと気付き、それはいくらなんでも不自然だと思って尋ねた。

「リルファンは？　見送りに来ないの？」

「ああ、小津ね、先週からいないの。一応事務局には届けて捜索はしてもらってるんだけど」

……どういうこと。

あまりに驚いたため、言葉が全部喉《のど》の奥のほうで突っかかって出てこなかった。なんでいないの。なんであなたは平気な顔をしてそんなことを言うの。声を出そうとしていたら、白いタクシーが向こうからものすごいスピードでやってくる。そして二人の前でぴたりと止まった。矢咲は再度都岡の顔を見て、何か言いたげな様子で口を開く。

「……何よ」

じれったく思って都岡は尋ねる。

「小津が」

都岡が続きを待っても、その言葉はそこで終わり、やっぱり良いや、と矢咲は再び笑う。

「じゃあ、元気でね。三島によろしく」

開け放したドアの中から大音量で八代亜紀の歌声が聞こえてくる。出てきた運転手に荷物を預け、車に乗り込もうとして、何かに気付いたように慌てて矢咲は戻ってきた。

「これ、部屋の鍵《かぎ》持ってきちゃった。パブに返しておいてもらえる？」

都岡は黙って差し出された鍵を受け取った。車に乗り込んで手を振る矢咲に儀礼的に手を振り返し、都岡は去ってゆく白い車を見つめた。

四階の七号室の鍵を、四階の七号室の鍵穴に差し込み、扉を開ける。入った右側だけが白く塗りなおされたようにがらんとしていた。小津のスペースである左側には、ブランケットを抜け出したあとがそのままのベッドに、勉強机には食べかけのアーティチョークが放置されていた。そして壁一面に空の写真。天井にまで侵蝕《しんしょく》している。部屋の奥では段ボールから服がはみ出していた。

先週からいないの。

なんでもないことのように、矢咲は言った。でも、これはいなくなろうと考えて自らいなくなった人の部屋じゃない。部屋の中に足を踏み入れ、都岡は窓辺に見慣れぬものを見付けた。白い大きなシャコ貝。都岡がこの部屋に通っていた頃にはそんなものはなかった。近付くと、その中には何本もの煙草《タバコ》の吸殻がそのままになっていた。ロスマンズとセブンスターが混じっている。ついこの間まで小津がこの部屋にいた証拠だ。

ここで煙草を吸うようになったから、矢咲は最上階の喫煙所に行かなくなったのか。合点が行った。貝殻の横に、まだ空になっていないロスマンズの箱が放置されている。

白と青のコントラストは海のようで、パッケージが綺麗《きれい》だといつも思っていた。その下には、白いカードが置いてあった。小津へ、と、やや右上がりのあまり綺麗ではない文字があった。

どうしよう。都岡は少し考える。見るべきか見ないべきか。しかし封もされていないので、これは事故だと自らに言い聞かせ、都岡はカードを開いた。唐草模様の透かし柄の入ったカードの上には、あまり綺麗ではない文字が、小津へのメッセージを紡いでいた。

『小津へ

あなたが出て行って一週間が経ちました。私はもう明日出てゆくことになります。あなたがここに戻ってきたとき、これを見付けてくれることを願います。

あなたがどういう事情でこの学校に来たのか、私は知らないし、知る必要もないと思っていたけれど、もしかしたら聞いておいたほうが良かったのかもしれない。出て行ってしまったあと、私はずっとあなたのことだけを考えていました。いつあなたが戻ってきても必ず顔を合わせられるよう、部屋以外はお手洗いにしか行きませんでした。

こんなに長い間戻ってこないなんて思いもしなかった。何をどう説明すれば良いか、あなたとのことを考えてゆく方法をすぐに思い付けなかった。考えることなんかやめてあのときに追いかければ良かった。私が過去に犯した過ちは、先日話したとおりです。私はもう同じ過ちを犯したくありません。部屋に戻ってきて、これを見付けたら、私に手紙をください。続きは再会したとき、顔を見て話します。矢咲実』

末尾に住所が書かれていた。

……逃げたのだと思っていた。都岡はロスマンズの箱を手に取り、一本出して、咥《くわ》えてみる。そして隣にあったライターで火を点《つ》け、口の中に吸い込んだ。煙草なんか吸ったこともないので、肺の中に煙を入れるのが恐ろしく、すぐに吐き出したが、甘く懐かしい匂《にお》いがした。まだ長い煙草を白い貝に押し付ける。薄く開けっ放しになっていた窓から、煙が流れ出てゆく。

以前矢咲と二人で話したとき、都岡は彼女がここに逃げてきたと言ったのを聞いた。そしてこれからもずっと、逃げつづけるのだと思っていた。けれどこのカードを読む限り、矢咲は小津から逃げてはいない。その事実を知り、都岡は唇を噛《か》んだ。小津は一体どこへ行ったというのだ。

廊下から足音が聞こえる。振り向いて扉の開くのを待ったけれど、足音は過ぎ去る。住む主《あるじ》のいなくなった部屋はひどく寒々しくて、壁一面の青空も、もはや都岡を温めてはくれなかった。どうせ鍵を持っていても、矢咲の家に鍵代の請求が行くくらいだろう。都岡は部屋を出て鍵を閉めると、それをそのまま手のひらに握り、自室へ向かった。


矢咲が出てったよ、東京に戻ったあとアトランタに行くんだって。三島によろしくって。

都岡が言った。へえ、戻ったんだ。三島は声が震えないよう、細心の注意を払って答えた。でも、ココアのマグカップを持とうとした指が震えて、カップを持てない。都岡は勉強机に向かって本を広げ、見ないふりをしてくれた。三島は立ち上がり、クローゼットを開ける。中から秋晴れの空に相応しい銀杏色《いちょういろ》のワンピースを取り出して、三日間着っぱなしだったパジャマからそれに着替えた。

「どこか行くの？」

「うん、ちょっと」

「そう、気をつけて」

一緒に行こうか、と言われなかったことに三島は安堵《あんど》する。部屋履きからヒールの低いパンプスに履き替え、部屋を出た。アンモナイトのような螺旋階段《らせんかいだん》は見慣れたもののはずなのに、渦を巻く目の前の白い無機物に三島は眩暈《めまい》を起こす。見下ろした階段の途中には、もうここにいるはずのない小津がいた。三島の手のひらからは、汗がふき出す。さらさらのおかっぱ頭を揺らしながら、小津は階段を下ってゆく。そして途中でふと、光に溶けるようにして消えた。

震えそうになる足で、三島は転ばないよう慎重に階段を下った。そしてなんとか下りきり、ホールを抜けて外に出る。見上げた空は薄群青《うすぐんじょう》で、乾いた風が冷たく、ともすれば気持ち良いと感じるような気候なのに、三島はこの偽物《にせもの》くさい天気に嫌悪感を抱《いだ》く。いつもみたいに雨が降っていれば良いのに。そうすれば、薄暗くて湿っぽくて、今ここで泣くことの免罪符になってくれるのに。

三島は寮の裏手（音楽室のあるほう）に回り、更にその向こうへと歩いた。ゆるやかな上り坂で、左手は崖《がけ》になっている。地面に杭《くい》を打ち込んでその間にロープを渡しているだけの簡単な柵《さく》で、こちらと崖とを隔てる。三島はしばらく歩いて、足を止めた。そして柵に近付き、膝《ひざ》をつき、崖の下を見おろす。海は満潮だった。黒々とした水面が、干潮のときにはごつごつと出っ張っている岩場を隠し、崖に打ち付ける波が白い飛沫《しぶき》を上げている。どぉん、という音がする。

……止める暇はなかった。

あの日、まだそれは夜の浅い時間で、シャワーを終えた三島は髪の毛を拭《ふ》きながら部屋へ戻ろうとしていた。部屋のドアノブに手をかけたときに、小津、という矢咲の叫び声が聞こえたのでふと下を見たら、階段を駆け下りてゆく小津を見付けた。白いワンピースの裾《すそ》をひるがえして駆けるその身体《からだ》からは、何か静電気みたいなものが出ているように見えた。青白く、小津の周りだけがパチパチとしているようだった。何か尋常じゃないものを感じ、三島は追いかけなくてはならないような気がして階段を下りた。三島も、矢咲は追ってこない。小津はグランドフロアまで駆け下りて、外へと出てゆく。三島も、部屋履きのままだったが、そのまま追いかけて外へ出た。そこで小津は一度力尽きたようで走るのを止《や》め、ゆっくりとした歩調で歩き始めた。三島も、距離を縮めないようそのあとを付けた。

小津は船着場へ下ってゆく。三島もここに来た手段は船なので、船着場のある砂浜の狭さを知っていた。一緒に下ったら、追いかけてきたのがばれてしまう。部屋へ戻ろうかとも考えたが、戻ってはいけないような気がして、地面に座り込み、遥《はる》か向こうに幽《かす》かに見える小さな漁港と灯台の灯《あか》りをぼんやりと眺めた。

洗いっぱなしの髪が冷えてきた頃、足音が聞こえてきて、とっさに三島は建物の灯りの届かない陰に身を潜めた。息を殺し、壊れそうな門を開けて戻ってくる小津を見つめる。小津は寮には戻らず、崖の柵沿いにさっきと同じようにゆっくりとした足取りで歩いてゆく。なんとなく、嫌な予感がした。あまりに崖に近すぎる。うっかり足をひねって転んだら、柵を越えて転落するのは間違いない。三島は歩調を速め、小津に追いつこうとした。あと少しで追いつく、声をかけて手を伸ばせば。

待って、小津。

でも、声は出なかった。出せなかった。小津の身体は、一瞬静止したように見えた。白いワンピースの裾が、潮風にふわりと舞い上がる。そして瞬《まばた》きを終えたあとにはもう、それはひらひらと舞うように、渦を巻く闇《やみ》の中へ落ちていた。どぉん、という音がした。

もし階段を駆け下りる小津を見付けたのが都岡だったなら、三島と違ってもっと早く小津に声をかけただろう。そうしたら小津はまだここにいたかもしれない。いくら崖の下を覗《のぞ》いても、小津の身体は浮いてこない。そして、小津がいなくなったことすら、おそらく矢咲と三島しか知らないだろう。矢咲がいなくなってしまった今、小津が消えたことはもう三島しか知らない。

雨の日に傘に入れてくれて、パイをくれた人。三島にとって小津はそれだけの人でしかない。矢咲のことでは死ねば良いと思ったけど、本気で死んでくれなんて思っていなかった。否《いや》、死ねと思ったことがあったからこそ、目の前で本当に消えてしまったことが腹の中に石を詰め込まれたみたいに辛《つら》かった。そして、死ねと思っていたから、都岡にも矢咲にも、小津のとった行動を話すことができないでいた。目の前で小津を見殺しにした自分を、都岡は詰《なじ》るだろうか。

そもそも、小津の死ぬ理由はなんだったんだろう。

三島は、寄せては返す波と飛沫を見つめる。いつまでもこんなことをしていても、小津は浮かんでこない。水を吸ったように重苦しい気持ちで、三島は慎重に立ち上がる。眩暈でバランスを崩したらすぐに落ちる。立ちくらみを堪《こら》え、元来たほうへと歩き出す。秋晴れは嫌味なくらいで、日差しにやられたらしく、ふくらはぎの皮膚が痛かった。

父の秘書のアレックスから、ラテン語で書かれた手紙が届いた。夏の終わり頃に来日予定だったのが結局都合が悪くなったから行けなくなった、という連絡以来だった。

ラテン語は事務局のチェックを回避する目的だろうが、さすがにそれは都岡にも読めない。近頃珍しく三島の単独行動が多く、今日は音楽室に行くと言って部屋を出て行ったので、都岡はひとり残された部屋の中で父の事務所に電話をかけた。三コールのあと、アレックスの声が聞こえた。

「はいロバートソン」

「リリコだけど」

「手紙読めませんでしたか」

即答だった。判ってるなら書くな、という言葉を飲み込み、都岡は用件を尋ねる。

「簡単に言いますが、リリコはDCに戻ってこられます。どうしますか」

機械音声のようなアレックスの言葉は、つい先日矢咲が都岡に伝えたのと同じくらいの衝撃を与えた。

「どういうこと、パパ倒れた？」

「いいえ、倒れたのは三島で、順当に行けば一年以内には母体からモルガンに吸収されるでしょう」

「なにそれ、翁の後継者がいないってこと？」

「人間の話ではなく、コーポレーションの話ですよ。翁は元気ですが勾留中です」

矢咲の、芋づる式になんとかという言葉が蘇《よみがえ》る。黙っていたら、アレックスが言葉を続けた。

「難しい話はやめましょう。あなたには関係のないことですし。もし戻ってくる気があるのでしたら、チケットを手配します。どうしますか」

ここから帰ることができる。しかも、東京のマンションではなく、父のところに。そうしたらアルバイトをしながら、音大へ通うこともできるかもしれない。

「……パパは、何か言ってる？」

出口の見えない穴の中へ突然降ってきた光は、まだ都岡を安心はさせない。

「いいえ、何も」

落胆するつもりがなくても、光は弱くなる。しかしそのあとに続けられたアレックスの言葉を理解して、都岡は腰を抜かしそうになった。

「これは個人的な希望ですが、私は戻ってきてほしいです。結婚してくれませんか」

アレックスは都岡が日本に来てから父の秘書になった男だ。父の遣いと様子見のため来日するだけで、都岡は彼と一年に一度くらいしか会っていない。従って、合計二回しか会ったことがない。そもそも父の秘書だ。

「……あなたゲイじゃないの」

「残念ながら私はゲイではありません。社長にもガッカリされましたが」

最後の言葉には笑いが含まれていた。いきなり降って湧いた結婚という言葉に、都岡は柄にもなく激しく動揺した。そんな凡庸《ぼんよう》な人生の選択肢があったなんて！

一晩よく考えてください、明日こちらから電話します。と言ってアレックスは電話を切った。都岡は冷蔵庫を開けて、買い置いてあったシュークリームの包みを破く。複雑な驚きと喜びに口の中が乾き、甘いカスタードの味もしなかった。

——三島。もし彼女がこの事実を知ったら。

ふと窓の外を覗くと、下には見慣れない車が何台か集まっていた。もしかして同じような連絡を受けた子が他にも何人もいて、すぐに帰ろうとしているのではないか。

都岡は食べかけのシュークリームをテーブルの上に置き、靴を履き替えて部屋を出た。ホールまで下りても、大きな鞄《かばん》を持ったような子はおらず、すれ違った数人は、授業から帰ってきたり、これからダウンタウンへ向かおうとしているように見える子たちばかりだった。都岡は不思議に思って外に出る。通常三人以上の人の群れを見ることのないこの学校の中で、一点、人が集まっていた。プールひとつ分くらい向こうにあるその人だかりは、身なりからしておそらく学生ではなく全員が事務局の職員だ。構内に通常はいるはずのない、男もいた。船着場に下りる階段のあたりで、今まさに、人が上がってくる。

横に人の気配を感じ、そちらを見遣《みや》ると、すぐ傍《そば》に楽譜を握る三島がいた。

「ピアノ弾いた？」

先ほどの電話のことを気付かれぬよう、つとめて平静に尋ねても三島は答えず、人の集まる一点だけを見つめている。人だかりが裂け、その間から担架を持った職員らしき男が二人現れた。黄色いビニールシートに覆われた、重そうな何かが担架の上には乗っている。隣の三島は微《かす》かに震えながら、都岡の腕に痛いくらいしがみついた。

……まさか。

担架は男二人の手に運ばれて、集まっていた車のひとつである黒いワゴン車に積み込まれる。腕に、三島の指が食い込む。

「三島、痛いよ」

都岡はその指を解《ほど》こうとして、手を重ねる。震える三島の声が答える。

「……私のせいじゃない」

「三島？」

車が職員を乗せて走り去る。どこへ行くのだろう、と思っていたら、三島は都岡の前に回り、両腕を摑《つか》んで縋《すが》りついた。

「信じて都岡、死んじゃえって思ったけど、本当に死ぬなんて思わなかったの、間に合わなかったの、止められなかったの、お願い信じて」

三島の悲痛な叫び声は、どこか遠くから聞こえるように思えて、何を言われているのか少しの間判らなかったけど、やがて都岡に全てを理解させた。否、全てではないけれど、揺るぐことのない事実だけは理解した。

あの黄色いビニールシートの中のものは、小津の遺体だ。

そして矢咲の元には、永遠に小津からの手紙は届かない。

ベッドの端に座り込み、三島は荷造りをする都岡を見ていた。部屋の中には他者などいないかのように、黙々と荷物の箱詰めを進める都岡。明日、出てゆくと言う。二箱に収まった荷物を部屋の入り口の隅に重ね、都岡は長い溜息《ためいき》をついてから、自らお茶を淹《い》れた。季節はずれのダージリンファーストフラッシュで、良い香りが部屋に漂う。

「三島もいる？」

三島は首を横に振る。そう、と言って都岡は窓に向き直り、外を眺めながらカップに唇をつける。

絶対にいなくならないと思っていた人との別れって、こんなにあっさりしたものなんだろうか。纏《まと》め髪のおかげで露《あらわ》になった都岡の白いうなじを、斜めうしろから眺めながら、三島は思った。都岡がいなくなったら、泣くだろう、と思っていた。でも、父親と一緒に住めることになったから、もうここからは出る、と直接言われたとき、泣くよりも何よりも、身体のどこかをもがれて見知らぬ誰かに持っていかれたような驚きのほうが大きくて、言葉も出なかった。

二人で過ごす最後の、空虚な晩、寝付けない三島は都岡の寝息を聞きながらベッドを抜け出し、キャビネットからいつか買ってあったセブンスターを取り出し、喫煙所に向かった。深夜の螺旋階段は、暗くて、小津が落ちていった海の渦に似ている。小津の抜殻がそこらへんに泳いでいないか、見渡して確かめる。いない。

喫煙所のソファに沈み込み、ドキドキしながら三島は煙草のパッケージを開けて、一本取り出して唇に挿《はさ》んでみた。副流煙とは全然違う、乾し葡萄《ほぶどう》みたいなにおいがした。マッチを擦って火を点《つ》けて、煙を吸い込んだら、猛烈に喉が痛くて、目に煙が入って、咳《せき》と涙が止まらなくなる。慌ててまだ長い煙草を水を張ったバケツの中に放り入れた。こんなものすごいものを平気な顔して吸っていた矢咲を、少し尊敬した。

しばらくしてから落ち着き、三島は痛む目を擦《こす》りながら窓の外を見遣った。夏場よりも空気が澄んでいるように思える。きっともうすぐ冬だから。

翌日の午前、都岡は部屋を出た。三島は見送る気力もなくて、ベッドから手を振るだけ振った。また会おう、などという、生きる希望にしてしまいそうな言葉はなくて、三島は安堵する。カートを転がす音と共に、足音が扉の外に消えていった。段ボール二箱の荷物は、事務局に配送を頼んだと言っていた。

少ししてから、三島は空腹のために起きた。水を飲んでから冷蔵庫を開ける。シュークリームと冷凍オムレツしかない。オムレツを電子レンジに入れ、加熱している間にシュークリームを食べた。おはよう三島。きっと食べているうちに、都岡は戻ってきて、寝坊した三島にあきれた顔でココアを淹れてくれるのだ。

温まったオムレツをテーブルに移そうとしたら、鍵が置いてあった。ふたつ。そしてその下には、『事務局に返しておいてください。ひとつは矢咲と小津の部屋のものです』とメモ書きが置いてあった。なぜ都岡が矢咲たちの部屋の鍵を持っていたのか、気にならないでもなかったが、どんな部屋に住んでいたのか興味があった。三島は食べかけのオムレツをテーブルに放置し、鍵を持って部屋を出た。四階まで下り、七号室に向かおうとしたら、既に事務局が来ていて、部屋の物を運び出していた。アジアンテイストなローテーブル、大きなクッション、そして何が入っているのか判らない大きな段ボールが三つ。

三島はその一群に近付き、声をかけられるのを待った。案の定、声をかけられた。

「小津ひまわりのお友達？」

「はい」

そんな名前だったのか。職員は、何かほしいものがあったら持っていけ、と言った。別に小津の残したものなどほしくはない。でも部屋に入り、壁と天井一面に広がる空の写真のコラージュを見て三島は心を奪われ、それを今にもばりばりと破こうとしている職員を止めた。

「これ、これください」

そう頼んだら、ヘンな顔をされた。でもほしいものはこれしかない。結局職員が丹念に模造紙を剝《は》がしてくれたので、その全てを三島は部屋に持ち帰った。

ベッドの上。床の上。机の上。窓の外は雨だけれど、足元に広がる青空は、大きかったり小さかったり、青かったり薄かったり、時々茜色《あかねいろ》だったりする。単純に、綺《き》麗《れい》だからほしかった。綺麗な継《つ》ぎ接《は》ぎの空は白い紙の上に隙間《すきま》なく埋まり、一部の空白もない。綺麗だけど、悲しい。たぶんバスの中で言っていた「気象関係の雑誌」の記事も、この一部なのだろうと三島は思う。

降り止《や》まない雨と、埋まらない三島の心と、作り物の空と、執拗《しつよう》なまでに隙間を埋めて空を作り上げてきた小津の気持ちを思うと、三島の喉の奥からは嗚咽《おえつ》が漏れた。

作り物の空は、日の光を降らせてはくれないんだよ、小津。

外に降る雨は、だんだんとひどくなり、視界を隠す。もはや窓の外は雨しか見えない。三島は空の上に倒れこみ、その端を摑んで転がり、蓑虫《みのむし》みたいに身体に巻きつけた。ごわごわする。仰向けに寝転がると天井が高くて、手を伸ばしても何も摑めない。

一人はイヤだ。

もっと強くなれるまで、誰かお願い傍にいて。

床に、足音が聞こえてくる。ぺたぺたと、スニーカーのような色気のない足音。事務局が荷物を取りに来たのだろうが、身動きが取れなくて、三島は床の上に転がったまま泣きつづけた。

扉が開く。

「……三島？」

もう二度と聞くことはないだろうと、思っていた声が自分の名前を呼んだ。

「……都岡？」

もう二度と呼ぶことはないだろうと、思っていた名前を半信半疑のまま呼んだ。

「何やってるの？」

「それはこっちのセリフだよ、もう船出てるでしょ？」

都岡は荷物を扉に立てかけると歩いてきて、三島の傍らにしゃがみ込み、手を握った。

「三島と、いることにする」

都岡の手のひらは荷物を持っていたせいで、赤くなっていて皮革くさい。それでも三島は身動きできないままその手を握り返し、自らの頬《ほお》にくっつけた。もう片方の手で都岡は三島の髪の毛を撫《な》でながら、言った。

「卒業するまでは、少なくとも一緒にいよう。それから先は、三島が決めれば良い」

「信じて良いの」

「良いよ」

即答だった。そのあと都岡は、泣きじゃくる三島にからみついている空を、破かないように慎重に身体から剝がし、立ち上がらせた。そしてテーブルの上を見て眉《まゆ》を顰《ひそ》める。

「オムレツ、私のなのに」

「戻ってくるとは思わないよ、普通は」

そりゃそうだよね、と都岡は笑い、三島の手を再び取って言う。

「ダウンタウンにお買い物に行こう。きっとリンゴのデザートが始まってるよ」

「顔冷やすやつも売ってるかな」

「うん、ああでも、その前にとりあえず着替えな」

都岡は電気ポットのスイッチを入れる。こぽこぽと温かな音が聞こえ始める。

三島は寝間着を脱いで白いモヘアのワンピースに着替え、洟《はな》を啜《すす》りながらもつれた髪の毛を梳《す》く。うしろから都岡の手が伸びてきて、三島の手からブラシを奪った。

「伸びすぎだよ、そろそろ切ろう」

「うん」

髪の毛をうしろに引っ張られながら、ふと、もうここからいなくなってしまった髪の毛の短い二人を思う。この世の果てのようなこの世界にも、いずれ終わりは来る。髪を梳いてくれるこの手を失うときも、考えたくないけれどやがて来るだろう。

私たちの間に終わりが来たそのときには、髪を、うなじが見えるくらいまで短く切ろう。

三島は小さな決心を胸の奥の小箱に仕舞い、鍵を掛け、都岡が髪の毛を整え終えるのを待った。

解説

吉川トリコ

宮木あや子は、かたい。

宮木あや子その人が、というわけではなく、小説の佇《たたず》まいが。

そのかたさは、いつも私にある少女のことを思わせる。思春期の少女の頑《かたく》ななまでの潔癖、愛すべき愚直さ、そういうものを思わせる。

それは、大学進学で都会に出た田舎娘が新歓コンパで発するぎこちないかたさとはわけがちがう。ノリが悪いと思われないよう必死に周囲に合わせ、おいしくもないビールを一気飲みし、なれなれしい男子学生にいやな顔ひとつせず、お酌《しゃく》しながら下世話な冗談に声をあげて笑う——そんなことをしているうちに大抵の田舎娘がかたさを消し（ついでに処女を喪《うしな》い）、ゆるゆるゆるんでその他大勢のどこにでもいる女子学生に変化していってしまうものだが、宮木あや子は決してゆるまない。そもそも新歓コンパに行かない。行ったとしても周囲に調子を合わせるなんてことをしない。「とりあえずビールでいいよね？」という声に決然と挙手し、「いいえ、ウーロン茶でお願いします。未成年なので」と言い切る。当然、お酌などするわけがないし、冗談を言われてもくすりとも笑わない。そんな態度を「かんじわるーい」と言われてしまったりするけれど、なんにもおかしくないのに笑うことなど宮木あや子にはできない。

ゆるキャラだのゆるかわ女子だのゆるふわファッションだの、とにかくゆるけりゃなんでもいいといった風潮のある昨今、このかたさを「かわいげがない」と嫌う男性は少なくないだろう。だが私はこのかたさに焦がれる。「お高く止まっちゃって」と面白く思わない女性もいることだろう。だが私はこのかたさを崇拝する。周囲に流されゆるゆるだらしなくアメーバ状にまでゆるみ続ける田舎娘の私にとって、安居酒屋の大座敷で、しゃんと背筋を伸ばし、何にも侵されず迎合せずにウーロン茶を飲み続ける宮木あや子は、気高く美しい圧倒的な「個」なのだ。

それはつまり、「お姉さまとお呼びしてもかまいませんか？」ということである。これ以上この感情にふさわしくしっくりくる言葉を私はほかに知らない。

ここでは「宮木あや子」と呼んでいるが、宮木あや子の作品に出会うずっと以前から私は彼女のことを知っていた。長い髪の、夢みるみたいにきれいな女の子。騒がしい教室の片隅で、彼女はだれとも交わらずいつもひとりで本を読んでいた。言葉をかわしたことはないが、私は常に視界の端に彼女の姿をとらえていた。気づいてるよ、と私は彼女に伝えたかった。この騒々しい教室の中で、私だけがあなたに気づいてる。ねえ、早く私に気づいてよ。けれどアメーバ状の集合体に飲み込まれ、「個」でなくなってしまった私は彼女に気づいてもらえない。

私だけでなく、多くの人が彼女を知っていて、思春期をともにすごしてきたんじゃないだろうか。あのころ、たしかに彼女は私たちの近くに存在していた。具体的な作家名や作品名はぱっと挙げられないのだが、あのころ貪《むさぼ》るように読んでいた少女小説や少女漫画に彼女はたびたび登場していたように思う。それも、クラスメイトとまわし読みしていた人気作家の作品ではなく、どちらかというとマイナーな、自分だけでひっそり楽しみたいような個人的な作品に多く見られた気がする。そういう本を開いているときだけ、私は何にも属さない、たったひとりの「個」に戻れた。

時代が変わったのか私自身が変わってしまったのか、近ごろでは彼女の姿を見かけることは少なくなってしまったが、そこへ宮木あや子があらわれた。ああ、こんなところにいたの、と私は思った。ずっとあなたに会いたかった、と。彼女を思わせるような人物が作中に登場するわけではなく（まったく登場しないわけでもないが）、作品そのもの——その佇まいが彼女を思わせる。そんな作家、はじめてだった。

本書『雨の塔』は宮木あや子の作品の中でもとりわけ色濃く彼女の気配を感じさせる作品である。このむせかえるほどに濃厚でノスタルジックな少女小説の香りにむせび泣いた読者は多いだろう。むろん私もそのひとりである。

舞台は「この世の果て」にある岬の学園。孤島ではないがまるでアルカトラズのような学校に、様々な事情を抱えた資産家の娘が「島流し」にされる。閉ざされた世界の中で、少女たちは静かに関わりを持ちはじめ、やがて惹《ひ》かれあい、反発しあうようになっていく。

はじめて読んだとき、まずこの学園施設の設定のおもしろさに興奮しながらページを繰った。敷地には三つの寮があり、主人公の少女たち——矢咲、小津、都岡、三島が暮らしているのは海にほど近い丸い塔で、ラプンツェルの塔とも呼ばれている。テーマパークのような町並みのダウンタウンではカフェや雑貨店、衣料品店が並び、有名なパティシエのデザートやハイブランドの洋服やバッグ、手に入らないものはないほどなんでも揃っているのに、新聞や情報誌——外の世界の情勢を知らせるものは一切手に入らない。部屋にテレビを置くことも許されず、電話は事務局に傍受されていて、外から送られてくる手紙や荷物にはすべてチェックが入る。一体なんの目的でここまで徹底的に外界から遮断されているのか、そもそもこの学校がなんであるのかは最後まで明らかにされないのだが、この謎《なぞ》が息の詰まりそうな閉塞感《へいそくかん》と不穏な気配を作品に漂わせ、そこはかとない色気すら感じさせる。

そして、乙女的ときめきを孕《はら》んだ小道具の数々。グミベア、焼きたてのマフィン、パフスリーブのベビードール、イチゴの指輪、ジンジャースパイス入りの甘い紅茶、白いシャコ貝の灰皿、等々、ここに挙げるだけで、胸の真ん中をきゅっと爪《つめ》でつねられるみたいに甘い痛みが走る（もちろんその爪にはさくらんぼのネイルシールが貼《は》られていなければならない）。過ぎるときめきというのは痛みを伴うものなのだ。

少女小説に於《お》いてなにより重要なのはディティールだと私は考える。主人公がなにを着て、なにを食べ、どんなお友だちとどんな遊びをし、どんな歌をうたい、どんな本を読み、どんな部屋で眠るのか。ひとつでもツボをはずすようなアイテムが登場すると、たちまちその作品は魅力を失ってしまう（もしかしたらかなり極端で偏った読書のしかたかもしれないが、私にはこれがスタンダードだ）。

その点でも『雨の塔』は完璧《かんぺき》といえる。登場するアイテムのいちいちが乙女的ツボをはずさず、作品世界を損なっていない。矢咲と小津がしょっちゅう飲んでいるのがインスタントコーヒーというのも、またいい。キメキメなのも悪くないけれど、はずしがうまいのがオシャレ上級者というものである。矢咲のいれたインスタントコーヒーを飲んで、不味《まず》い、と小津が笑うシーンなど、もう、泣きそうなぐらいいい。
　この作品を、おそらく著者は心から愛し、徹底した美意識と細心の注意をはらい、血のにじむような執着をもって書きあげたのだろう。でなかったらここまで耽美《たんび》で綻《ほころ》びのない世界を織りあげることなどできない。そのような作品を生涯に一作でも書けたなんて、宮木あや子というのはなんと幸福な作家なのだろう。まがりなりにも作家のはしくれとしては心底妬《ねた》ましく羨《うらや》ましい。ただの一読者としては素直にラッキーだと思えるけれど。

　最後に、著者である宮木あや子その人について書く。
　宮木さんと私はR―18文学賞出身で、いまでは同賞出身の作家とともに親しくさせてもらっているが、実は宮木さんが受賞するまで私たちはそれほど親しいわけではなかった。年に一度の授賞式で顔を合わせ、上っ面の笑顔でその場をやりすごす仲――つまり他人だった。自慢ではないが作家になるような人間なんて私を含め他人に対しはなっから心を閉ざしているものだ。作家でなくとも、大人になってから友だちをつくるのは至難のわざである。岬の学園の少女たちは、踏み込まず踏み込まれないよう慎重に他人との距離をはかりながら暮らしているが、私たちの現実も同じだ。だれかと親しくなりたいと願っても、もし拒絶されたらと思ったら恐ろしくて足がすくんでしまうし、いい年して「あなたと友だちになりたい」だなんて照れくさくて口にできない。

そんなふうにぽつねんとしていたところへ、宮木さんはやってきた。そこで彼女がなにをしたのか、具体的に訊《き》かれると困るのだが、敢《あ》えていうなら宮木さんは手を伸ばした。つながろうとした。そして実際に、私たちを結びつけた。

『雨の塔』にこんなシーンがある。寮の前で都岡がバスを待っていると、そこに小津がやってきて、髪の毛が綺麗《きれい》だね、と声をかける。都岡は意外に思う。人との関わりが希薄なこの学校内で声をかけられるのは珍しいことだったから。

今回読み返してみて、これは宮木さんじゃないかと思った。人との関わりが希薄なこの世界で声をかけてきてくれた人。なんの屈託もなく「あなたと友だちになりたい」と手を伸ばせる人。自分の殻に閉じこもりがちなひねた心の私でも、それがどれだけ尊く得がたいことであるかわかる。

『雨の塔』に登場する少女たちはいつだってどうしようもなく他者を必要としている。どんなに傷ついていても、どんなに打ちひしがれていたとしても、それでもだれかを求めずにいられない。人間というのはなんて悲しくて痛ましい生き物なんだろう——けれど、だからこそ美しい。それは、この作品に限らず宮木あや子という作家が書き続け、信じ続けている祈りのようなテーマである。宮木さん自身も絶えずだれかを求め、手を伸ばし続けている。だからこんなにも切実に、読む者の胸に迫る作品が書けるのだ。

「お姉さまとお呼びしてもかまいませんか？」

私の宮木あや子に対する気持ちはやはりこれ以上でも以下でもない。

集英社文庫

雨《あめ》の塔《とう》

2011年2月25日　第1刷
2025年8月13日　第5刷

定価はカバーに表示してあります。

著　者　宮木《みやぎ》あや子《こ》

発行者　樋口尚也

発行所　株式会社　集英社
東京都千代田区一ツ橋2-5-10　〒101-8050
電話　【編集部】03-3230-6095
【読者係】03-3230-6080
【販売部】03-3230-6393（書店専用）

印　刷　TOPPANクロレ株式会社

製　本　TOPPANクロレ株式会社

フォーマットデザイン　アリヤマデザインストア　　マークデザイン　居山浩二

ISBN978-4-08-746669-0 C0193